GLI ALIANTI
22

JOHN FANTE

Chiedi alla polvere

Traduzione di Maria Giulia Castagnone

Prefazione di Charles Bukowski

marcos y marcos

Titolo originale: *Ask the Dust*

ISBN 88-7168-105-3

via Padova 221
20127 Milano
telefono: 02 26305145; fax: 02 25902455
email: info@marcosymarcos.com
sito internet: www.marcosymarcos.com

Traduzione dall'americano di
Maria Giulia Castagnone

Prima edizione, febbraio 1994
Decima edizione, maggio 2002

Prefazione

Ero giovane, saltavo i pasti, mi ubriacavo e mi sforzavo di diventare uno scrittore. Le mie letture andavo a farle alla biblioteca pubblica di Los Angeles, nel centro della città, ma niente di quello che leggevo aveva alcun rapporto con me, con le strade o con la gente che le percorreva. Mi sembrava che tutti giocassero con le parole e che i cosiddetti grandi scrittori non dicessero un accidente di niente. Il loro stile era una mistura di sottigliezza, mestiere e forma e ciò che scrivevano veniva letto, appreso, assimilato e poi ritrasmesso a qualcun altro. Era un congegno funzionale, una "cultura della parola" assai scorrevole e prudente. Bisognava tornare agli scrittori russi precedenti alla rivoluzione per ritrovare il rischio e la passione. C'erano delle eccezioni, ma erano così poche che le si esauriva in un attimo, per poi ritrovarsi a fissare file e file di libri di un'incredibile monotonia. A paragone degli scrittori del passato, i moderni non valevano gran che.

Tirai giù dagli scaffali un libro dopo l'altro. Perché nessuno diceva niente? Perché nessuno gridava?

Mi misi a cercare nelle altre sale della biblioteca. La sezione dei libri religiosi non era che un vasto acquitrino, almeno per me. Passai al reparto filosofia. Scovai un paio di tedeschi dall'animo amaro che mi tennero allegro per un po', ma l'esperienza si esaurì ben presto. Provai con la matematica, ma era esattamente come la religione, mi scorreva sopra senza lasciar traccia. Ovunque cercassi, non trovavo niente che mi interessasse.

Mi rivolsi alla geologia e scoprii che era una materia curiosa, ma di scarso nutrimento.

Trovai alcuni libri di chirurgia e ne fui incuriosito: la terminologia era del tutto nuova e le illustrazioni mi sembravano fantastiche. Apprezzai soprattutto l'operazione sul mesocolon, la cui tecnica finì per diventarmi familiare.

Poi abbandonai la chirurgia e tornai nella sala principale, che ospitava la narrativa. (I giorni in cui non ero a corto di vino, non andavo mai in biblioteca. La biblioteca era il posto ideale per quando non avevo niente da mangiare o da bere, o la padrona di casa mi stava alle costole per recuperare l'affitto arretrato. In biblioteca, almeno, c'erano i gabinetti). Ci ho visto una quantità di barboni, là dentro, per lo più addormentati sui loro libri.

Continuavo ad aggirarmi per la sala grande, tirando giù un libro dopo l'altro, leggendo qualche riga, a volte qualche pagina, per poi rimetterli al loro posto.

Poi, un giorno, ne presi uno e capii subito di essere arrivato in porto. Rimasi fermo per un attimo a leggere, poi mi portai il libro al tavolo con l'aria di uno che ha trovato l'oro nell'immondezzaio cittadino. Le parole scorrevano con facilità, in un flusso ininterrotto. Ognuna aveva la sua energia ed era seguita da un'altra simile. La sostanza di ogni frase dava forma alla pagina e l'insieme risultava come scavato dentro di essa. Ecco, finalmente, uno scrittore che non aveva paura delle emozioni. Ironia e dolore erano intrecciati tra loro con straordinaria semplicità. Quando cominciai a leggere quel libro mi parve che mi fosse capitato un miracolo, grande e inatteso.

Ero socio della biblioteca. Presi in prestito il libro e me lo portai in stanza, mi sdraiai sul letto e ripresi a leggerlo, ma prima ancora di finirlo capii che l'autore era riuscito a elaborare un suo stile particolare. Il libro era Ask the Dust *e l'autore era John Fante, che avrebbe esercitato un'influenza duratura su di me. Terminato* Ask the Dust *tornai in biblioteca in cerca di altri suoi libri. Ne trovai due:* Dago Red *e* Wait until Spring, Bandini. *Erano dello stesso tipo, scritti con le viscere e per le viscere, con il cuore e per il cuore.*

Sì, Fante ha avuto una grande influenza su di me. Non molto tempo dopo averlo scoperto, mi misi a vivere con una donna. Beveva come una spugna, anche più di me, e assieme facevamo delle litigate feroci, durante le quali le gridavo: «Non chiamarmi figlio di puttana! Io sono Bandini, Arturo Bandini!»

Fante era il mio dio e io sapevo che gli dèi vanno lasciati in pace, non si andava a bussare alla loro porta. E tuttavia mi piaceva immaginare la casa dove era vissuto, in Angel's Flight, e illudermi che ci abitasse ancora. Ci passavo davanti quasi ogni giorno e mi chiedevo: è questa la finestra da cui è uscita Camilla? È quella la porta dell'albergo? Quella la hall? Non l'ho mai saputo.

Ho riletto Ask the Dust *quest'anno, trentanove anni dopo la prima volta, e ho dovuto riconoscere che ha resistito al tempo, come tutte le altre opere di Fante. Questa, però, resta la mia preferita perché è con essa che ho scoperto la magia. Fante ha scritto altri libri oltre* Dago Red *e* Wait until Spring, Bandini, *e i loro titoli sono* Full of Life *e* The Brotherhood of the Grape. *Attualmente sta lavorando al suo nuovo romanzo,* A Dream of Bunker Hill.

Per una serie di circostanze, quest'anno l'ho finalmente conosciuto. Ma la storia di John Fante non è tutta qui. È la storia di un uomo fortunato e sfortunato in ugual misura, di un uomo di raro coraggio naturale. Un giorno qualcuno la racconterà, ma ho la sensazione che lui non voglia che lo faccia qui. Dirò solo che, nel suo caso, linguaggio e personalità coincidono: entrambi sono forti, buoni e caldi.
E ora basta. Il libro è vostro.

Charles Bukowski

Chiedi alla polvere

Uno

Una sera me ne stavo a sedere sul letto della mia stanza d'albergo, a Bunker Hill, nel cuore di Los Angeles. Era un momento importante della mia vita; dovevo prendere una decisione nei confronti dell'albergo. O pagavo o me ne andavo: così diceva il biglietto che la padrona mi aveva infilato sotto la porta. Era un bel problema, degno della massima attenzione. Lo risolsi spegnendo la luce e andandomene a letto.

Al mattino mi svegliai, decisi che avevo bisogno di un po' di esercizio fisico e cominciai subito. Feci parecchie flessioni, poi mi lavai i denti. Sentii in bocca il sapore del sangue, vidi che lo spazzolino era colorato di rosa, mi ricordai cosa diceva la pubblicità, e decisi di uscire a prendermi un caffè.

Andai al solito ristorante, mi sedetti su uno sgabello davanti al bancone e ordinai un caffè. Il sapore era più o meno quello ma, nel complesso, la bevanda non valeva quello che costava. Mentre ero lì seduto mi fumai un paio di sigarette, lessi i cartelloni che riportavano i risultati delle partite dell'American League, evitando con cura quelli della National League, e notai con soddisfazione che Joe DiMaggio teneva ancora alto l'onore degli italiani, perché era in testa alla classifica dei battitori. Un grande battitore, quel DiMaggio. Uscii dal ristorante, mi immobilizzai davanti a un immaginario lanciatore e battei la palla, segnando un punto a mio favore. Poi mi incamminai verso Angel's Flight, domandandomi come avrei passato la giornata. Non avevo niente da fare e così decisi di andarmene a zonzo per la città.

Mi avviai lungo Olive Street e oltrepassai un caseggiato giallo, impregnato come una carta assorbente della nebbia notturna, e pensai ai miei amici Ethie e Carl, che venivano da Detroit e avevano vissuto lì, e mi ricordai di quella sera in cui Carl aveva picchiato Ethie perché aspettava un bambino e lui non voleva figli. Comunque il bambino era arrivato e la storia era finita lì. Mi venne in mente l'interno del loro appartamento, che puzzava di topi e di polvere, e le donne anziane che stavano a sedere nell'ingresso nei pomeriggi di calura, e una in particolare, che aveva un bel paio di gambe. Pensai anche all'uomo dell'ascensore, un fallito di Milwaukee, che grugniva immancabilmente quando gli si diceva il numero del piano a cui si era diretti, come se, tra tanti, quello fosse il peggiore. Rividi il vassoio colmo di panini e il pacco di rotocalchi che si portava sempre appresso.

Discesi lungo Olive Street, oltre le orrende casupole in legno che trasudavano storie di omicidio, fino all'Auditorio della Filarmonica e mi tornò in mente quella volta che lì c'ero andato con Helen per sentire il gruppo corale dei Cosacchi del Don. Mi ero annoiato a morte e proprio per questo avevamo litigato. Lei portava un abito bianco, che mi procurava una fitta di piacere tutte le volte che lo toccavo. Oh, quella Helen... ma non è il momento. Mi ritrovai all'incrocio tra la Quinta e Olive, dove lo sferragliare dei grandi tram mi rodeva le orecchie, e l'odore della benzina velava le palme di tristezza; il marciapiede nero era ancora bagnato per la nebbia notturna.

Arrivai al Biltmore Hotel, davanti al quale stazionava una lunga fila di taxi con gli autisti che dormivano al posto di guida, tutti, tranne quello che era di fronte alla porta principale. Cominciai a pensare a loro, a chi erano e a cosa sapevano, e mi ricordai di quella volta che uno di loro ci aveva allungato un indirizzo, a Ross e a me, sogghignando con aria maliziosa, e poi ci aveva portato a Temple Street, di tanti posti che c'erano, dove avevamo trovato solo due bruttone e Ross aveva concluso, mentre io ero rimasto nel salottino a far andare il fonografo, impaurito e solo.

Oltrepassai il portiere del Biltmore e lo odiai subito, lui e i suoi galloni dorati, il suo metro e ottanta e la sua dignità, quando un'automobile nera si fermò accanto al marciapiede e ne smontò un tizio. Aveva l'aria di essere ricco. Dopo di lui scese una donna ed era bella, portava una pelliccia di volpe argentata e quando attraversò il marciapiede e varcò le porte girevoli fu come una musica. Cosa non darei per godermela un po', pensai, mi basterebbe un giorno e una notte, ma proseguii e lei non fu più che un sogno, mentre il suo profumo indugiava ancora nell'aria umida del mattino.

Mi incantai davanti alla vetrina di un negozio di pipe e ci rimasi un sacco di tempo, mentre il mondo intero spariva a eccezione di quella vetrina e delle pipe. Le fumai una per una, immaginando di essere un grande scrittore e di scendere da una grossa auto nera con un'elegante pipa di radica in bocca e in mano un bastone da passeggio, seguito dalla donna con la volpe argentata, visibilmente orgogliosa di me. Firmammo il registro dell'albergo, poi ordinammo un cocktail, ballammo un po', prendemmo un altro cocktail e io recitai qualche strofa in sanscrito, e la vita mi sembrava meravigliosa perché ogni due minuti una fata mi fissava estasiata e io, il grande scrittore, ero costretto a farle un autografo sul menù, rendendo pazza di gelosia la mia compagna con la volpe argentata.

Los Angeles, dammi qualcosa di te! Los Angeles, vienimi incontro come ti vengo incontro io, i miei piedi sulle tue strade, tu, bella città che ho amato tanto, triste fiore nella sabbia.

Un giorno e un altro giorno e il giorno prima, e la biblioteca con i grossi nomi degli scaffali, il vecchio Dreiser, il vecchio Mencken, tutta la banda riunita che andavo a riverire. Salve Dreiser, ehi Mencken, ciao a tutti, c'è un posto anche per me nel settore della B, B come Bandini, stringetevi un po', fate posto ad Arturo Bandini. Mi sedevo al tavolo e guardavo verso il punto in cui avrebbero messo il mio libro, proprio lì, vicino ad Arnold Bennett; niente di speciale quell'Arnold Bennett, ma ci sarei stato io a tenere alto l'onore delle B, io, il vecchio Arturo Bandini, uno della banda. A un certo punto arrivò una ragazza e una scia di profumo fluttuò nella sala di lettura, un ticchettìo di tacchi interruppe la monotonia della mia fama. Splendida giornata, splendido sogno!

Ma la padrona, la mia padrona di casa con i capelli bianchi, continuava a bersagliarmi di messaggi: era di Bridgeport, Connecticut, suo marito era morto, era rimasta sola al mondo e non si fidava di nessuno, non poteva permetterselo, così mi diceva, e aggiungeva che dovevo pagare. Quello che le dovevo si avvicinava all'ammontare del debito nazionale, dovevo pagarla o andarmene, cinque settimane venti dollari, non un soldo di meno, altrimenti si sarebbe tenuta i miei bauli. Io non avevo bauli, però, ma un'unica valigia e anche quella di cartone, senza neanche la cinghia, che era finita a reggere i pantaloni, o quel poco che ne restava.

«Ho appena ricevuto una lettera dal mio agente» le dissi. «Il mio agente a New York, che mi informa di aver venduto un altro racconto, non so bene a chi. Non si preoccupi, signora Hargraves, stia tranquilla, tra un paio di giorni mi arriveranno i soldi». Ma lei non riusciva a credere a un bugiardo come me. In realtà non si trattava di una menzogna, quanto piuttosto di una speranza, ma forse nemmeno di questo, forse era già realtà e l'unico modo per appurarlo era quello di tener d'occhio il postino, non perderlo di vista un istante, controllarlo quando depositava la posta sul tavolo, all'ingresso, e chiedergli di punto in bianco se non c'era niente per Bandini. Ormai, dopo sei mesi, questo non era più necessario. Quando mi vedeva arrivare accennava di sì o di no con la testa prima ancora che aprissi bocca; un sì ogni tre milioni di no.

Un giorno arrivò una bella lettera. Oh, ricevevo un sacco di lettere, ma questa fu l'unica bella. Arrivò di mattina e diceva che lui aveva letto *Il cagnolino rise* (era quello il titolo del mio racconto) e che gli era piaciuto. Signor Bandini, mi diceva, se c'è un genio al mondo quello è lei. Si chiamava Leonardo ed era un importante critico italiano, solo che come critico non lo conosceva nessuno, per gli altri era un tizio qualsiasi che abitava nel West Virginia, ma invece era un grande critico e morì. Era già morto quando la mia lettera di risposta, spedita per via aerea, arrivò nel West Virginia, e sua sorella me la rispedì, con una bella lettera di accompagnamento — anche lei si intendeva di letteratura — per dirmi che Leonardo era morto di consunzione, ma era stato felice fino alla fine, e che una delle ultime cose che aveva fatto era stata quella di scrivermi, seduto sul letto, la sua opinione sul mio racconto. Un sogno fuori dalla vita, anche se molto importante, perché Leonardo è morto e sta su in cielo, beato tra i beati, a fianco dei dodici apostoli.

Tutti in albergo lessero *Il cagnolino rise*, nessuno escluso, una storia da farvi morire a ogni pagina, in cui il cane non c'entrava per niente; una vicenda ben congegnata, un grido di pura poesia. Il grande J.C. Hackmuth in persona, la cui firma assomigliava a una scritta cinese, mi comunicò in una lettera che era un ottimo racconto e che era orgoglioso di pubblicarlo. La signora Hargraves lo lesse e da allora in poi mi guardò con altri occhi. Fu proprio grazie a *Il cagnolino rise* che riuscii a restare in quell'albergo e a non farmi sbattere fuori nel freddo o, se preferite, nella calura. La signora Grainger, stanza 345, proveniente da Battle Creek nel Michigan (fianchi fantastici ma un po' in là con gli anni), se ne stava seduta nella hall in attesa di morire. *Il cagnolino rise* le ridiede la vita e l'espressione dei suoi occhi mi fece capire che ci avevo azzeccato e dovevo continuare così. Cominciai a sperare che mi avrebbe chiesto informazioni sullo stato delle mie finanze, su come me la passavo; perché non chiederle in prestito un biglietto da cinque, pensai, ma ci rinunciai e mi allontanai facendo schioccare le dita in segno di disprezzo.

L'albergo si chiamava Alta Loma. Era costruito sulla cima di Bunker Hill, contro il pendio ma in senso inverso, cosicché il piano terra era a livello stradale e il decimo dieci piani sotto. Se si aveva la stanza 862, bisognava prendere l'ascensore e scendere otto piani, mentre se si voleva andare in magazzino, non si scendeva come al solito, ma si saliva nell'attico, che stava immediatamente sopra il piano terra.

Cosa non avrei dato per una ragazza messicana! Ci pensavo tutto il tempo, alla mia ragazza messicana. Io non l'avevo, ma le strade ne erano piene, la Plaza e il quartiere cinese ne erano come incendiati, e nella mia fantasia le possedevo tutte, questa e quella, con la certezza che, se un giorno fosse arrivato un altro assegno, il sogno sarebbe diventato realtà. Per il momento non mi costavano niente, le principesse azteche e maya in cui trasformavo le giovani *peones* che si aggiravano per il mercato centrale o entravano nella chiesa di Nostra Signora, e per guardarle andavo persino a messa. Era un comportamento sacrilego, ma era meglio così che non andarci per niente, e almeno, quando scrivevo a mia madre, laggiù nel Colorado, non ero costretto a mentire. Cara mamma, domenica scorsa sono stato a messa. Al mercato centrale fingevo di scontrarmi per sbaglio con le mie principesse. Era un modo come un altro di rivolgere loro la parola, così sorridevo e chiedevo scusa. Ah, quelle belle ragazze, così felici che qualcuno si comportasse con loro come un gentiluomo. Mi bastava sfiorarle e portarne con me il ricordo nella mia stanza, dove la polvere si accumulava sulla macchina da scrivere e Pedro il topo se ne stava a sedere nel suo buco e mi guardava con i suoi occhietti neri, mentre mi perdevo dietro le mie fantasie.

Pedro il topo, una brava bestia che non si lasciava addomesticare ed era restia a familiarizzare. Lo vidi la prima volta che entrai in camera, nel pieno del mio fulgore, perché *Il cagnolino rise* era stato pubblicato proprio quell'agosto. Erano passati cinque mesi dal giorno in cui ero smontato da un pullman proveniente dal Colorado con centocinquanta dollari in tasca e un sacco di progetti in testa. La mia filosofia, allora, era che si dovessero amare tutti gli esseri viventi, uomini e bestie, dello stesso amore, e Pedro ne era la dimostrazione. Purtroppo il formaggio aumentò di prezzo, e io fui costretto a nutrire col pane sia lui sia tutti gli amici che invitava. Ma il nuovo menù non risultò di loro gradimento. Li avevo viziati e così se ne andarono, tutti tranne Pedro, l'asceta, che si ridusse a mangiare le pagine di una vecchia Bibbia.

Ah, quel primo giorno! La signora Hargraves aprì la porta e io la vidi, la mia stanza, con il tappeto rosso sul pavimento, i paesaggi campestri inglesi alle pareti e, nello stanzino accanto, la doccia. La camera, la 678, si trovava giù al sesto piano e dava sul fianco della collina, e poiché la finestra era a livello del verde pendio e io la tenevo sempre aperta, potevo fare anche a meno della chiave. Fu proprio da quella finestra che vidi la prima palma della mia vita, a meno di tre metri di distanza, e subito pensai alla Domenica delle Palme, all'Egitto, a Cleopatra, anche se la palma aveva i rami anneriti dal monossido di carbonio che usciva dal tunnel della Terza Strada e il suo tronco crostoso era soffocato dalla polvere e dalla sabbia che il vento portava dal deserto Mojave e da quello di Santa Ana.

Cara mamma, scrivevo a casa, cara mamma, le cose si stanno decisamente mettendo al meglio. Un grande editore è passato da queste parti, abbiamo pranzato insieme e io ho firmato un contratto per alcuni racconti, ma ti risparmierò i particolari, perché so che non ti interessi di letteratura, come del resto anche papà; nel complesso, però, si tratta di un buon contratto, solo che entrerà in vigore tra un paio di mesi. Mandami, quindi, dieci dollari, mamma, oppure cinque, mamma cara, perché l'editore (ti direi come si chiama se non fossi sicuro che non ti interessa) è ben deciso a organizzarmi un lancio in grande stile.

Cara mamma e caro Hackmuth, il grande editore. A loro era indirizzata la maggior parte delle lettere che scrivevo, anzi, praticamente tutte. Il vecchio Hackmuth con il suo cipiglio e i capelli con la riga in mezzo, il grande Hackmuth con la penna come una spada, che mi guardava dalla parete dove avevo appeso la sua fotografia, firmata a caratteri cinesi. Ehilà, Hackmuth, gli dicevo, che razza di calligrafia! Poi vennero i giorni di magra e cominciai a mandargli delle gran lettere. Dio mio, signor Hackmuth, c'è qualcosa che non funziona, lo slancio creativo se n'è andato e io non riesco più a scrivere. Signor Hackmuth, crede che dipenda dal clima? La prego, mi dia un consiglio. Crede che ce la farò a scrivere come William Faulkner? Attendo una sua opinione. Crede che il sesso c'entri in qualche modo, perché, signor Hackmuth... perché... perché, e a Hackmuth dicevo tutto. Gli raccontai della ragazza bionda che avevo incontrato nel parco, di come me l'ero lavorata e di come lei era crollata. Gli raccontai l'intera storia, solo che non era vera, era una dannata bugia... ma era pur sempre qualcosa. Qualcosa da scrivere per mantenere i contatti con il mio nume, e lui rispondeva immancabilmente. Oh, ragazzi, era fantastico! Mi rispondeva subito, un grand'uomo, sensibile ai problemi dei giovani di talento. Nessuno ricevette tante lettere da Hackmuth quante ne ho ricevute io; e io le portavo con me; le leggevo e le rileggevo, e le baciavo. Mi piazzavo davanti alla sua fotografia, piangendo a calde lacrime, e gli dicevo che questa volta aveva fatto centro; un grande scrittore quel Bandini, Arturo Bandini, io, un tipo davvero fantastico.

Giorni di magra, carichi di determinazione, perché proprio di questo si trattava: Arturo Bandini, seduto davanti alla sua macchina da scrivere per due giorni consecutivi, deciso a farcela. Ma non funzionò. Fu l'attacco di testardaggine più lungo e violento di tutta la sua vita, ma non ne uscì neanche un rigo, solo due parole ripetute per tutta la pagina, su e giù, sempre le stesse: la palma, la palma, la palma, una lotta all'ultimo sangue tra me e la palma, e la palma vinse: eccola là che ondeggia nell'aria azzurrina, che scricchiola piano nell'aria azzurra. Vinse dopo due giorni di lotta e io scavalcai il davanzale e mi sedetti ai suoi piedi. Passò del tempo, un attimo o due, e mi addormentai, mentre piccole formiche brune scorrazzavano tra i peli delle mie gambe.

Due

Avevo vent'anni, allora. Che diavolo, dicevo, prenditela comoda, Bandini. Hai davanti a te dieci anni per scrivere un libro, vacci piano, allora, guardati attorno e impara qualcosa, gira per le strade. Il tuo guaio è che non sai niente della vita. Dio mio, amico, ti rendi conto che non sei mai stato con una donna? Sì che ci sono stato, e con un sacco, anche. Oh, no, non è vero. Hai bisogno di una donna, hai bisogno di farti un bagno, hai bisogno di una bella sgroppata, hai bisogno di soldi. Dicono che basti un dollaro nei posti giusti, al massimo due. Be', giù alla Plaza ne basta uno comunque, ma tu non ce l'hai, e un'altra cosa, codardo, anche se avessi un dollaro non ci andresti, perché a Denver ti è capitata l'occasione e non ne hai approfittato. No, vigliacco, hai avuto paura, e ce l'hai ancora. Per questo sei felice di non avere il dollaro.

Paura di una donna! Ah, il grande scrittore! Come fa a parlare delle donne, se non ne ha mai avuta una? Ehi, tu, miserabile impostore, fasullo che non sei altro, per forza non riesci a scrivere! Non c'è da stupirsi se non c'è nemmeno una donna in *Il cagnolino rise*. Non c'è da stupirsi se non c'è una storia d'amore, povero scemo, scolaretto presuntuoso.

Dovevo scrivere una storia d'amore, imparare cos'era la vita!

I quattrini mi arrivarono per posta. E non era un assegno da parte del potente Hackmuth, non un impegno di pagamento da «The Atlantic Monthly» o «The Saturday Evening Post». Erano solo dieci dollari, una piccola fortuna. Me li mandò mia madre: una modesta polizza d'assicurazione. Arturo, l'ho riscossa e questa è la tua parte. Ma erano pur sempre dieci dollari, il frutto di qualcosa che era stato venduto, anche se non era un mio manoscritto.

Ficcateli in tasca, Arturo. Lavati la faccia, datti una pettinata, mettiti un po' di profumo per odorare di buono intanto che ti scruti nello specchio alla ricerca dei primi fili bianchi; perché sei preoccupato, Arturo, e le preoccupazioni fanno venire i capelli bianchi. Ma non ne avevo nemmeno uno. Già, ma cosa ne dici dell'occhio sinistro? Non ti sembra scolorito? Attento, Arturo Bandini, non sforzarti la vista, ricordati cosa è accaduto a Tarkington, ripensa al destino di James Joyce.

Niente male, dicevo alla fotografia di Hackmuth, stando in piedi in mezzo alla stanza. Niente male, Hackmuth, è un ottimo spunto per un racconto. Come ti sembro, Hackmuth? Ehi, Herr Hackmuth, ti sei mai domandato che faccia ho? Ti sei mai chiesto, chissà se è un bell'uomo, quel Bandini, l'autore di *Il cagnolino rise*, un racconto davvero brillante?

Ricordo un'altra sera come questa. Ero a Denver e non facevo ancora lo scrittore, ma abitavo in una stanza simile e i miei progetti erano suppergiù gli stessi. Quella volta, comunque, tutto si era risolto in un disastro, perché non avevo smesso un attimo di pensare alla Beata Vergine e al nono comandamento *non commettere adulterio*, tanto che la ragazza, che ci si era impegnata a fondo, aveva finito per rinunciarci, scuotendo il capo mestamente. Ma era passato un sacco di tempo e questa sera le cose sarebbero andate diversamente.

Scavalcai il davanzale e risalii il pendio fino in cima a Bunker Hill. Che serata! Una sera di festa per il mio naso, che annusava le stelle, annusava i fiori, annusava il deserto e la polvere assopita, là in cima a Bunker Hill. La città che si stendeva ai miei piedi sembrava un albero di Natale, carico di lumini colorati. Salve, vecchie case, hamburger succulenti che cantano nei caffè di infimo ordine, salve Bing Crosby, che canti anche tu. Questa ragazza mi tratterà bene, non come quelle della mia infanzia, quelle della mia adolescenza o quelle che ho conosciuto all'università. Loro mi spaventavano, mi guardavano con diffidenza, mi rifiutavano; ma la mia principessa no, lei sì che mi capirà, perché sa bene cosa significa sentirsi umiliati.

Bandini che cammina per la strada, non alto ma solido, orgoglioso dei suoi muscoli, coi pugni stretti per mettere in mostra il turgido splendore dei suoi bicipiti: Bandini, assurdamente impavido, che non teme nulla se non l'ignoto in un mondo di stupefacente mistero. Sono risorti i morti? I libri dicono di no, la notte grida di sì. Ho vent'anni, ho raggiunto l'età della ragione, sto per addentrarmi nell'intrico di strade sotto di me in cerca di una donna. Mi chiedo se la mia anima è già macchiata, se devo voltarmi e tornare indietro, se un angelo veglia su di me, se le preghiere di mia madre mi tranquillizzano o se, piuttosto, non mi infastidiscono.

Dieci dollari. Sarebbero sufficienti a pagare l'affitto di due settimane e mezzo, a comprare tre paia di scarpe, due paia di pantaloni o mille francobolli per spedire in giro i miei manoscritti. Ma non hai manoscritti da mandare, il tuo talento è dubbio, anzi, fa pietà. Peggio ancora, non hai talento e quindi smettila di raccontarti frottole un giorno dopo l'altro, perché sai benissimo che *Il cagnolino rise* non vale niente e non varrà mai niente.

Cammini per Bunker Hill e scuoti il pugno per aria, ma io so a cosa stai pensando, Bandini. Sono gli stessi pensieri che ha avuto tuo padre prima di te, ed è come una sferzata in mezzo alla schiena, come un'esplosione nella testa. Non è colpa tua, ecco cosa pensi; tu sei nato povero, figlio di contadini miserabili, la tua città natale ti ha respinto perché eri povero, costringendoti ad andare ramingo per le strade di Los Angeles e, siccome sei povero, speri di scrivere un libro che ti faccia diventare ricco, così quelli che ti odiavano, laggiù nel Colorado, ti ameranno. Sei un vigliacco, Bandini, tradisci la tua anima e menti davanti a Cristo sofferente. Ecco perché scrivi, ecco perché sarebbe meglio che fossi morto.

Sì, è vero, ma ho visto delle case, a Bel-Air, con prati freschi e piscine d'acqua verde. Ho sempre desiderato donne le cui scarpe valevano tutto quello che ho mai posseduto. Ho visto delle mazze da golf nella vetrina di Spalding, nella Sesta Strada, che mi fanno morire dalla voglia di afferrarle. Ho spasimato per una cravatta come un devoto fa per le indulgenze. Ho ammirato i cappelli esposti da Robinson come un critico d'arte ammira una statua di Michelangelo.

Scesi le scale che portano da Angel's Flight a Hill Street, centoquaranta gradini, coi pugni stretti, impavido, ma il pensiero del tunnel della Terza Strada mi agghiacciava, ero terrorizzato all'idea di doverlo attraversare... niente di grave, la mia solita claustrofobia. Anche l'altezza mi mette paura, e il sangue e i terremoti; per il resto non temo nulla, tranne la morte, il pensiero di mettermi a urlare in mezzo alla folla, l'appendicite, e un attacco di cuore, già, anche questo; così me ne sto seduto nella mia stanza con l'orologio in mano e un dito premuto sulla giugulare, a contare i battiti ascoltando i misteriosi borbottii del mio stomaco. Per il resto, niente mi turba.

Ecco un'idea per far soldi: sullo sfondo questi gradini, la città sottostante, le stelle tanto vicine che sembra di poterle afferrare, in primo piano un ragazzo che incontra una ragazza. Un'idea fantastica, dal successo sicuro. La ragazza vive in quell'edificio grigio, il ragazzo è un giramondo. Il ragazzo... be', sono io. La ragazza ha fame di compagnia, viene da Pasadena, è ricca e odia i soldi. Ha lasciato i suoi milioni perché è stufa, non ne può più dei quattrini. È bella da mozzare il fiato. Un conflitto patologico, una grande storia. Un caso freudiano, fobia del denaro. C'è un altro che la ama, un riccone. Io sono povero. Incontro il rivale, lo schiaccio con il mio sarcasmo e, già che ci sono, gli do una bella ripassata coi pugni. La ragazza, colpita, si innamora di me e mi offre un sacco di milioni. La sposo a condizione che rinunci definitivamente al denaro. Lei acconsente. Per fortuna tutto finisce bene; la ragazza mi imbroglia e mi intesta una grossa somma il giorno stesso delle nozze. Naturalmente mi indigno, poi la perdono perché la amo. L'idea è buona, ma manca qualcosa, andrebbe bene al massimo per «Collier's».

Carissima mamma, grazie dei dieci dollari. Il mio agente mi ha annunciato la vendita di un altro racconto a un'importante rivista inglese. Purtroppo me lo pagheranno solo a pubblicazione avvenuta e quindi la sommetta che mi hai mandato arriva a proposito.

Andai al *burlesque* e per un dollaro e dieci presi un posto da un dollaro e dieci, uno dei migliori, proprio sotto i quaranta sederi flaccidi del balletto; un giorno sarebbero stati tutti miei e io me li sarei portati in crociera nei Mari del Sud sul mio yacht privato. Nei pomeriggi assolati le ragazze avrebbero ballato per me sul ponte. Sarebbero state tutte belle, il fior fiore della buona società, e si sarebbero fatte in quattro per accaparrarsi i favori della mia cabina. Ma anche questo va bene, è tutta esperienza. Sono qui per una ragione ben precisa; questi momenti — il lato brutto della vita — si trasformeranno in altrettante pagine.

Poi entrò in scena Lola Linton, sinuosa come un serpente di satin, tra un coro di fischi e un gran battere di piedi, Lola Linton la lasciva che a ogni mossa mi lasciava come svuotato. Quando finì mi dolevano i denti tanto li avevo tenuti stretti e d'improvviso mi sentii di odiare la massa di ebeti che mi circondava, tutti quei sudici maiali che manifestavano gridando la loro indebita parte di gioia, sottraendola a me.

Se mia madre aveva venduto la polizza, voleva dire che a casa le cose andavano male e che quindi io non avrei dovuto essere lì. Quando ero ragazzo mi erano capitate tra le mani alcune foto di Lola Linton, provocandomi una sorta di impazienza nei confronti del lento fluire del tempo e della mia adolescenza e facendomi desiderare di vivere il momento che stavo vivendo ora; io non ero cambiato e nemmeno Lola Linton, ma, contrariamente ai miei sogni, ero povero e non ricco.

Main Street dopo lo spettacolo, mezzanotte: luci al neon e una nebbiolina leggera, rumore di clacson e cinema aperti tutta notte. Negozi di merce usata e locali filippini, dove i cocktail costano quindici cent e gli show si succedono uno all'altro, ma io li ho visti tutti, innumerevoli volte, e, per vederli, ho speso un mucchio di soldi del Colorado. Mi sentii solo come un assetato cui nessuno dà da bere e mi incamminai verso il quartiere messicano, provando una sensazione di sordo malessere. Ecco la chiesa di Nostra Signora, un edificio antico, con l'*adobe* annerito dal tempo. Decido di entrarci. Per ragioni sentimentali, non per altro. Non ho mai letto Lenin, ma l'ho sentito citare: la religione è l'oppio dei popoli. Quanto a me, sono ateo: ho letto *L'Anticristo* e la considero un'opera fondamentale. Credo nel cambiamento dei valori, Signore. La Chiesa deve sparire; è il ricettacolo degli stolti, delle canaglie e delle mezze cartucce.

Tirai il portale, che diede un lieve gemito. Sopra l'altare sfrigolava il lume perenne, rosso come il sangue, illuminando di un riflesso cremisi la quiete di quasi duemila anni. Mi ricordava la morte, ma anche gli strilli dei neonati che venivano battezzati. Mi inginocchiai, solo per abitudine, poi mi sedetti. Tornai a inginocchiarmi, perché il legno duro sotto le ginocchia serviva a distrarmi dalla calma terribile che mi circondava. Pregai; certo, pregai. Per ragioni sentimentali. Dio Onnipotente, mi dispiace di essere diventato ateo, ma hai mai letto Nietzsche? Ah, che libro! Dio Onnipotente, voglio essere onesto. Ti farò una proposta. Fai di me un grande scrittore e io tornerò alla

Chiesa. A proposito, Signore, devo chiederti un altro favore: fa' in modo che mia madre sia felice. Del vecchio non mi interessa; lui ha il suo vino e la sua salute, ma mia madre si tormenta sempre. Amen.

Richiusi la porta gemente e mi fermai sui gradini; la nebbia si era insinuata ovunque come un grande animale bianco e la Plaza era avvolta da un bianco silenzio, come il nostro tribunale, su a casa, quando la neve paralizza la vita. Ma qui i suoni viaggiavano veloci e sicuri nell'aria densa e quello che io udii era il ticchettìo di un paio di tacchi alti. Apparve una ragazza. Indossava un vecchio soprabito verde e il suo viso era incorniciato da un foulard verde legato sotto il mento. Sulla scalinata era fermo Bandini.

«Salve, tesoro» disse lei, sorridendo, come se Bandini fosse stato suo marito o il suo amante. Poi salì sul primo gradino e alzò gli occhi a guardarlo. «Ehi, che ne dici? Vuoi spassartela con me?»

Audace amante, Bandini, coraggioso e spavaldo.

«No» le rispose. «No, grazie. Un'altra sera».

Si allontanò in tutta fretta, lasciandola lì a guardarlo e a gridargli dietro delle parole che non afferrò. Proseguì per mezzo isolato, contento. Almeno gliel'aveva chiesto. Aveva capito che era un uomo. Dalla gioia, si mise a fischiettare. Girare per la città: quello sì che era un modo per fare esperienza. Noto scrittore parla della notte con una donna di strada. Arturo Bandini, famoso scrittore, rivela i suoi rapporti con una prostituta di Los Angeles. I critici gridano al capolavoro.

Bandini, intervistato prima della sua partenza per la Svezia, dichiara: «Ho un consiglio molto semplice da dare a tutti i giovani scrittori. Non tiratevi mai indietro di fronte a una nuova esperienza. Vivete la vita fino in fondo, prendetela di petto, non lasciatevi sfuggire nulla».

Intervistatore: «Signor Bandini, cosa l'ha spinta a scrivere questo libro che le ha fruttato il Nobel?»

Bandini: «Il libro si basa su un fatto accadutomi una notte, a Los Angeles. Ogni parola corrisponde alla verità. Questo libro l'ho vissuto interamente, pagina per pagina».

Bastava così. Ormai mi era tutto chiaro. Mi girai e tornai verso la chiesa. La nebbia era impenetrabile. La ragazza se n'era andata. Proseguii; forse riuscivo a raggiungerla. Giunto all'angolo la rividi. Stava parlando con un messicano alto. Si incamminarono insieme, attraversarono la strada ed entrarono nella Plaza. Li seguii. Mio Dio, un messicano! Le donne come quella non dovevano mettersi con gli uomini di colore. Lo odiai immediatamente, quel damerino imbrillantinato. Camminavano sotto i banani della Plaza, e i loro passi risuonavano nella nebbia. Udii il messicano ridere. Poi rise la ragazza. Attraversarono la strada e si avviarono lungo un vicolo che portava al quartiere cinese. Le insegne al neon rendevano rosa la nebbia. Giunti davanti a una pensione, accanto a un ristorante, svoltarono e salirono le scale. In un appartamento dall'altro lato della strada qualcuno ballava. Due lunghe file di taxi fiancheggiavano i marciapiedi. Mi avvicinai a quello che era parcheggiato proprio davanti alla pensione e mi appoggiai a un parafango, in attesa. Ero deciso ad attendere fino a che non si fossero spente le fiamme dell'inferno, finché Dio non avesse mandato un fulmine a incenerirmi.

Passò mezz'ora. Udii dei rumori sulle scale. La porta si

aprì e apparve il messicano. Sostò nella nebbia, si accese una sigaretta e sbadigliò. Poi sorrise con aria assente, si strinse nelle spalle, si incamminò e sparì, inghiottito dalla nebbia. Ma bene, sorridi. E cosa diavolo hai da sorridere, maledetto *greaser**? Appartieni a una razza sconfitta e umiliata, e solo perché ti sei portato a letto una delle nostre ragazze bianche, adesso sorridi. Credi che sarebbe andata allo stesso modo, se io le avessi detto di sì sugli scalini della chiesa?

Un attimo dopo sentii il rumore dei suoi tacchi sulla scala e la ragazza uscì nella nebbia. Era la stessa, con lo stesso soprabito verde e lo stesso foulard. Mi vide e sorrise. «Salve, bello. Hai voglia di spassartela?»

Sta' calmo, Bandini.

«Oh» le dissi. «Può anche darsi. Cosa proponi?»

«Vieni su e vedrai».

Smettila di ghignare. Arturo. Sii gentile.

«Potrei anche venire» le dissi. «Oppure no».

«Dai, bello, andiamo». L'ossatura minuta del suo viso, l'odore di stantìo del suo fiato, la terribile ipocrisia della sua dolcezza, la fame di quattrini nei suoi occhi.

E Bandini parlò. «Quanto vuoi?» disse.

Lei mi prese il braccio e mi tirò con garbo verso la porta.

«Vieni su, tesoro. C'è tempo per questo. Adesso vieni su».

«Non ne ho gran che voglia» insisté Bandini. «Esco adesso da una specie di orgia».

Santa Maria piena di grazia, salgo le scale, ma so che non ce la farò. Devo squagliarmela. I corridoi puzzano di scarafaggi, una luce gialla pende dal soffitto, il tuo senso

* Termine dispregiativo per indicare i messicani. [N.d.T.]

estetico è troppo sviluppato per accettare tutto questo. La ragazza mi tiene per il braccio; c'è qualcosa che non funziona in te, Arturo Bandini, sei un misogino, votato al celibato, avresti dovuto farti prete, come diceva padre O'Leary quel pomeriggio, decantando le gioie della rinuncia, e sono i soldi di mia madre, oltretutto. Oh, Maria concepita senza peccato, prega per noi che ricorriamo a te... finché arrivammo in cima alle scale e ci avviammo lungo un corridoio buio e polveroso. Ci fermammo davanti all'ultima porta, dove lei spense la luce, ed entrammo.

La stanza era più piccola della mia, senza tappeto, con le pareti spoglie, un letto, un tavolo, un lavandino. Si tolse il soprabito. Sotto, aveva un abito di tessuto stampato blu. Era a gambe nude. Si tolse anche il foulard. I capelli erano scuri, alla radice; non era una bionda autentica. Aveva il naso leggermente storto. Bandini sul letto; ci si era sistemato con l'aria disinvolta di chi è pratico di situazioni del genere.

Bandini: «Niente male, questo posticino».

Dio mio, devo andarmene da qui, è terribile.

La ragazza mi si sedette accanto, mi abbracciò facendomi sentire i seni, e mi baciò battendomi sui denti con la lingua fredda. Balzai in piedi. Avanti, cervello, lavora, ti prego, cervello adorato, tirami fuori di qui e ti prometto che non ci ricascherò più. D'ora in poi sarò fedele alla Chiesa. A cominciare da oggi la mia vita scorrerà limpida come un ruscello.

La ragazza si stese sul letto, con le mani allacciate dietro la nuca. Prima di morire voglio risentire il profumo dei lillà, laggiù nel Connecticut, e rivedere le timide chiesine della mia infanzia, e gli steccati che ho infranto per fuggire.

«Ehi» le dissi. «Voglio parlarti».

Accavallò le gambe.

«Sono uno scrittore» continuai. «Sto raccogliendo materiale per un libro».

«L'avevo pensato» rispose. «Avevo pensato che facessi qualcosa del genere» mi rispose. «Hai l'aria spirituale, bello».

«Già, sono uno scrittore. Tu mi piaci molto. Sei a posto, davvero. Ma prima voglio parlarti».

Si mise a sedere.

«Non hai quattrini, dolcezza?»

Oh, i quattrini. Lo tirai fuori, il mio piccolo rotolo di dollari. Certo che ho i soldi, un mucchio di soldi, questo non è che una briciola di quello che possiedo. No, non è questo il problema, i soldi non contano niente per me.

«Qual è la tariffa?»

«Due dollari, bello».

Allora dagliene tre, tirali fuori con disinvoltura, come se non valessero nulla, sorridi e porgiglieli perché il problema non sono i soldi ma la loro provenienza, in questo momento la mamma è seduta accanto alla finestra con il rosario in mano, in attesa che il vecchio torni a casa, ma i soldi ci sono, ce n'è sempre.

Prese i quattrini e li infilò sotto il cuscino. Mi era grata e mi sorrise in modo diverso. Lo scrittore voleva parlare. Come andavano gli affari di questi tempi? Le piaceva quello che faceva? Oh, avanti, dolcezza, basta con le chiacchiere, passiamo al sodo. No, voglio parlarti, è importante, ho bisogno di materiale per un nuovo libro. Lo faccio spesso. Come sei entrata nel giro? Oh, Cristo, anche questo vuoi sapere? No, non è un problema di soldi, te lo assicuro. Ma il mio tempo è prezioso, bello. Eccotene un altro paio. E così fanno cinque, cinque bigliettoni e ancora non sono riuscito a battermela, come ti odio, sporca troia. Ma tu sei più pulita di me perché non vendi la tua mente, solo quella tua povera carne.

L'avevo conquistata, ora era disposta a fare qualsiasi cosa le avessi chiesto, ad assecondare ogni mio capriccio. Cercò di attirarmi a lei. Ehi, no, calma, aspettiamo un altro po'. Ho detto che voglio parlarti, che i soldi non sono un problema, eccoti altri tre dollari e così fanno otto, ma non importa. A questo punto feci schioccare le dita come se mi fossi ricordato di qualcosa, di un impegno importante, preso in precedenza.

«Ehi! Stavo quasi per dimenticarmi. Che ore sono?» Mi strofinò il mento sul collo. «Non preoccuparti dell'ora, dolcezza. Puoi restare tutta la notte».

No, invece, il mio editore arrivava proprio quella sera, in aereo. Sarebbe atterrato a Burbank, già, proprio lì. Dovevo prendere un taxi e andarci immediatamente, dovevo sbrigarmi. Addio, addio, tieniti pure gli otto dollari, comprati qualcosa di carino, addio, addio, mi precipito giù per le scale, mi precipito fuori, benedetta la nebbia sulla soglia, tieni quegli otto dollari, oh, dolce nebbia, accoglimi, e tu, aria fresca, e tu, mondo meraviglioso, eccomi qui che arrivo. Addio, grido verso le scale, ci rivedremo, tienti i soldi e comprati qualcosa di carino. Otto dollari mi sgorgano dagli occhi. Oh, Gesù, uccidimi e rimandami a casa morto, fammi crepare come un miscredente, senza un prete che mi dia l'assoluzione, senza l'estrema unzione, otto dollari...

Tre

I giorni grami, cieli azzurri senza mai una nuvola, un mare di azzurro giorno dopo giorno, e il sole che lo solca. I giorni dell'abbondanza... abbondanza di preoccupazioni, abbondanza di arance. Le mangiavo a letto, le mangiavo a pranzo, mi costringevo a trangugiarle per cena. Arance a cinque centesimi la dozzina. Luce solare nel cielo, succo solare nello stomaco. Giù, al mercato giapponese, quel tipo sorridente dalla faccia di luna appena mi vedeva arrivare prendeva un sacchetto. Era un uomo generoso; per cinque centesimi me ne dava quindici, a volte venti.

«Ti piacciono le banane?» Certo, e me ne allungava un paio. Una piacevole novità, succo d'arancia e banane. «Ti piacciono le mele?» Ma sicuro, e me ne dava qualcuna. Ehi, si varia ancora: arance e mele. «Ti piacciono le pesche?» Naturalmente, e ripartivo con il sacchetto marrone. Un'innovazione interessante, pesche e arance assieme. I miei denti le laceravano e i succhi colavano nello stomaco, gorgogliando e corrodendone le pareti. Che tristezza, laggiù nel mio stomaco. Vi si faceva un gran gemere e piccole nubi cupe di gas salivano a pizzicarmi il cuore.

Questa situazione mi riportò alla macchina da scrivere. Mi ci sedevo davanti, sopraffatto dalla pena che provavo per Arturo Bandini. A volte un'idea fluttuava innocente per la stanza, come un uccellino bianco. Non aveva cattive intenzioni. Voleva solo aiutarmi, l'uccellino. Ma io lo colpivo, lo abbattevo con i tasti, finché mi moriva tra le dita.

Cosa diavolo mi stava succedendo? Quando ero ragazzo, avevo pregato santa Teresa perché mi facesse avere una nuova penna stilografica. Le mie preghiere erano state esaudite. Comunque fosse, avevo avuto la penna. Mi rimisi a pregare santa Teresa. Ti prego, tu che sei una brava santa, mandami un'idea. Ma lei non mi ascolta, non c'è un dio che mi ascolti e io, come Huysmans, me ne sto qui da solo, stringo i pugni e piango. Se solo qualcuno mi amasse... che so, una cimice, un topo... ma anche questo appartiene al passato. Persino Pedro mi trascura, ora che non posso offrirgli che bucce d'arancia.

Ripensavo a casa, agli spaghetti che nuotavano nella salsa di pomodoro, cosparsi di parmigiano, alle crostate al limone della mamma, all'arrosto d'agnello e al pane caldo, e mi sentivo così infelice che affondavo di proposito le unghie nella carne del braccio fino a farne uscire il sangue. Ne ricavavo una grande soddisfazione. Tra tutte le creature del Signore, io ero la più miserabile, costretta persino a infliggersi delle torture. Era indubbio, nessuno al mondo soffriva più di me.

Bisognava che Hackmuth lo sapesse, Hackmuth il potente, che incoraggiava il genio sulle pagine della sua rivista. Caro signor Hackmuth, gli scrissi, descrivendogli il mio glorioso passato, caro Hackmuth, e i fogli si accumulavano uno sull'altro, il sole è una palla di fuoco che sta per essere lentamente soffocata da un banco di nebbia levatosi dal mare.

Udii bussare ma non mi mossi, temendo che fosse la padrona venuta a riscuotere il suo sordido affitto. La porta si aprì e una testa calva, ossuta e barbuta, comparve nel vano. Era il signor Hellfrick, che viveva nella stanza accanto. Il signor Hellfrick era ateo, un militare a riposo che viveva della sua misera pensione, appena sufficiente a pagargli gli alcolici, anche se questi si riducevano a del pessimo gin. Viveva perennemente avvolto in un accappatoio grigio, privo di cintura e di bottoni, nonostante si facesse passare per un tipo pudico, non si preoccupava minimamente del fatto che il suo abbigliamento lasciasse intravedere ossa e peli in quantità. Il signor Hellfrick aveva gli occhi rossi perché, quando il sole batteva sul lato occidentale dell'albergo, si addormentava con la testa appoggiata al davanzale, mentre il corpo e le gambe restavano all'interno della stanza. Mi doveva quindici cent dal giorno del mio arrivo e, dopo molti tentativi andati a vuoto, avevo ormai rinunciato alla speranza di recuperarli. L'episodio aveva causato tra noi una frattura, e fui quindi sorpreso di vederlo fare capolino dalla porta.

Avanzò con passo furtivo, appoggiandosi un dito alle labbra per invitarmi al silenzio, nonostante non avessi detto una parola. Avrei voluto manifestargli la mia ostilità, e fargli capire che non provavo rispetto per un uomo che non era capace di rispettare i suoi impegni. Richiuse piano la porta e attraversò la stanza sulla punta dei piedi ossuti, con l'accappatoio spalancato.

«Ti piace il latte?» mi sussurrò.

Certo che mi piaceva, gli dissi. Allora mi svelò il suo piano. Il tizio che distribuiva il latte a Bunker Hill era suo amico. Ogni mattina, alle quattro, parcheggiava il camioncino dietro l'albergo e saliva per la scala d'emergenza fino alla stanza di Hellfrick a farsi un goccetto: «Se ti piace il latte» mi consigliò «non devi far altro che servirti».

Scossi il capo.

«Un'azione spregevole, Hellfrick» commentai, riflettendo sul tipo di amicizia che legava Hellfrick al lattaio. «Lui beve il tuo gin. Se è tuo amico, perché non gli chiedi un po' di latte in cambio?»

«Ma io non bevo latte» replicò. «Lo facevo per te».

Lo presi come un tentativo di saldare il debito che aveva con me. Scossi il capo. «No, grazie, Hellfrick. Ci tengo alla mia onestà».

Si strinse nelle spalle, avvolgendosi nell'accappatoio.

«D'accordo, ragazzo. Stavo solo cercando di farti un favore».

Continuai a scrivere la mia lettera a Hackmuth, ma quasi immediatamente cominciai a sentirmi in bocca il gusto del latte. Dopo un po' era diventato così forte da essere quasi intollerabile. Mi sdraiai sul letto nella stanza ormai in penombra, abbandonandomi alla tentazione. In breve tutte le mie resistenze erano state abbattute e io bussai alla porta di Hellfrick. La sua camera era in uno stato indescrivibile: rotocalchi buttati per terra, il letto con le lenzuola grigie di sporco, i vestiti sparpagliati dappertutto mentre i ganci per abiti, alla parete, spiccavano come denti rotti in un teschio. Le sedie erano ingombre di piatti, il davanzale era cosparso di mozziconi. La stanza era uguale alla mia, a eccezione di una piccola cucina a gas in un angolo e di alcuni scaffali che sorreggevano pentole e padelle. Aveva concordato con la padrona una tariffa speciale, con la scusa che avrebbe fatto da sé le pulizie, ma non le faceva. Ora se ne stava seduto su una sedia a dondolo, con indosso il suo eterno accappatoio e, ai piedi, una selva di bottiglie di gin. Ne aveva una anche in mano, da cui stava bevendo. Beveva sempre, giorno e notte, ma non si ubriacava mai.

«Ho cambiato idea» gli annunciai.

Si versò in bocca una sorsata di gin, se la fece passare da una guancia all'altra e la trangugiò con aria estatica. «Vedrai, sarà un gioco» commentò. Poi si alzò in piedi e si avviò verso i pantaloni, che giacevano per terra. Per un attimo credetti che mi avrebbe restituito i soldi che mi doveva, ma lui si limitò a frugare nelle tasche con aria di mistero, per poi tornare a sedersi a mani vuote. Non mi mossi.

«A proposito» gli dissi. «Non potrebbe restituirmi i soldi che le ho prestato?»

«Non li ho» rispose.

«Potrebbe darmene almeno una parte... diciamo dieci cent?»

Scosse il capo.

«Allora cinque».

«Sono al verde, ragazzo».

Poi si attaccò nuovamente alla bottiglia che, dato il livello del liquido, doveva avere appena aperto.

«Non posso darti neanche un soldo, ragazzo. Ma farò in modo che tu abbia tutto il latte che desideri». E mi spiegò i particolari della faccenda. Il lattaio sarebbe arrivato verso le quattro. Io dovevo restare sveglio ad attendere che bussasse, poi lui l'avrebbe tenuto impegnato per una ventina di minuti. Era un espediente per evitare di restituirmi quello che mi doveva, ma avevo fame.

«I debiti vanno pagati, Hellfrick. Si troverebbe in un mare di guai se le addebitassi gli interessi».

«Non temere, ragazzo» mi disse. «Appena potrò, ti restituirò fino all'ultimo soldo».

Tornai in camera mia, sbattendo con ira la sua porta. Non volevo metterla giù troppo dura, ma stava decisamente esagerando. Sapevo che il gin che beveva gli costava almeno trenta cent la bottiglia. Se fosse riuscito a controllare la sua sete d'alcol, avrebbe potuto ripagarmi senza alcuno sforzo.

Giunse la notte, con fatica. Mi sedetti alla finestra ad arrotolarmi delle sigarette fatte con il tabacco tagliato grosso e la carta igienica. Il tabacco era stato un lusso che mi ero concesso in tempi migliori. Me ne ero comprato una scatola. Era in offerta speciale e aveva una pipa attaccata con del nastro adesivo. Purtroppo l'avevo persa. Il tabacco era così grosso che non rendeva molto nelle normali cartine, ma se lo si avvolgeva in un doppio strato di carta igienica restava più compatto e, a volte, arrivava persino a incendiarsi.

L'oscurità scese lentamente, preceduta dal suo odore freddo. Sotto la mia finestra si stendevano la città, i lampioni stradali e le insegne multicolori, che sbocciavano come luminosi fiori notturni. Non avevo fame; sotto il letto c'era ancora un sacco di arance ma quel misterioso gorgoglìo nello stomaco non era che l'effetto delle grandi nuvole di fumo che vi erano rimaste prigioniere e che cercavano freneticamente una via d'uscita.

Era accaduto, infine: stavo per diventare un ladro, un miserabile predatore di latte. Eccolo il genio effimero, lo scrittore di un'unica storia: nient'altro che un ladro. Mi presi la testa tra le mani, dondolandomi avanti e indietro. Madre di Dio. I titoli dei giornali: promettente scrittore colto nell'atto di rubare una bottiglia di latte, il noto protetto di J.C. Hackmuth trascinato in tribunale per aver commesso un furtarello, i giornalisti che mi assalgono tra il lampeggiare dei flash. Dicci qualcosa, Bandini, com'è accaduto? Be', amici, è andata così: è un periodo d'oro, i miei libri vanno a ruba, ma mi ero messo in testa di scrivere un racconto su un tipo che ruba un litro di latte e volevo documentarmi; ecco com'è andata, amici. La storia verrà pubblicata sul «Post» e sarà intitolata *Ladro di latte*. Lasciatemi l'indirizzo, manderò a tutti una copia gratis.

Ma questo non è che un sogno perché nessuno conosce Arturo Bandini. Ti daranno sei mesi, ti chiuderanno in prigione, diventerai un criminale e cosa dirà tua madre? E a tuo padre non pensi? E non senti cosa dicono quei tipi alla stazione di servizio di Boulder, Colorado, non senti come se la ridono del grande scrittore colto nell'atto di rubare un litro di latte? Non farlo, Arturo! Se ti è rimasto un briciolo di buon senso, lascia perdere!

Mi alzai e mi misi a camminare in su e in giù. Dio Onnipotente, dammi la forza! Allontana da me questo impulso criminale! Poi, tutto d'un tratto, l'intero piano mi parve misero e insulso, perché mi era venuto in mente qualcos'altro da aggiungere nella lettera a J.C. Hackmuth, e per due ore continuai a scrivere, finché non cominciò a farmi male la schiena. Quando guardai fuori dalla finestra, il grande orologio dell'Hotel St. Paul segnava le undici. La lettera di Hackmuth era molto lunga, ne avevo già scritte venti pagine. La lessi. Mi parve stupida. Sentii il sangue che saliva a imporporarmi le guance. Hackmuth avrebbe pensato che ero pazzo a scrivergli delle scemenze simili. Appallottolai i fogli e li gettai nel cestino della carta straccia. Domani era un altro giorno e domani avrei avuto l'idea per un racconto. Nel frattempo mi sarei mangiato un paio d'arance e me ne sarei andato a letto.

Le arance non erano un gran che. Seduto sul letto, conficcai le unghie nella loro buccia sottile. Sentii la carne che mi si raggrinziva, avevo la bocca piena di saliva e, al pensiero di doverle mangiare, strinsi gli occhi disgustato. Quando affondai i denti nella polpa gialla, rabbrividii come se fossi stato investito da un getto di acqua gelida. Oh, Bandini, che parli con la tua immagine riflessa nello specchio dell'armadio, quali sacrifici non faresti per la tua arte! Saresti potuto diventare un capitano d'industria, un principe del commercio, un grande giocatore di baseball, un campione dell'American League, con un punteggio di 415, ma no! Eccoti qui, che ti arrabatti giorno dopo giorno, genio affamato, fedele alla tua vocazione! Quale dimostrazione di coraggio!

Me ne stavo sul letto, al buio, senza dormire. Quali sarebbero stati i commenti del potente Hackmuth? Avrebbe applaudito, naturalmente, e la sua abile penna mi avrebbe lodato con frasi ben tornite. Dopotutto, la lettera non era poi così malvagia. Mi alzai, la recuperai dal cestino della carta straccia e la rilessi. Mi parve notevole, percorsa com'era da una lieve vena di sarcasmo. Hackmuth l'avrebbe trovata molto divertente. Sarebbe servita a imprimergli nella memoria una volta per tutte il fatto che io e l'autore di *Il cagnolino rise* eravamo la stessa persona. Quella sì che era una storia ben riuscita! Aprii il cassetto che conteneva alcune copie della rivista su cui era comparsa, mi sdraiai di nuovo sul letto e la rilessi, ridendo di gusto per le battute che conteneva, quasi stupito di averla scritta. Poi mi misi davanti allo specchio e presi a leggerla ad alta voce, accompagnando la lettura con la mimica. Quando finii avevo gli occhi umidi dalla contentezza e mi fermai davanti alla fotografia di Hackmuth, per ringraziarlo di aver saputo riconoscere il mio talento.

Tornai alla macchina da scrivere e mi rimisi al lavoro. Le ore della notte passavano e le pagine si ammonticchiavano una sull'altra. Ah, se scrivere fosse stato sempre così semplice! Il mucchietto delle pagine saliva, venticinque, trenta, finché mi guardai l'ombelico e mi avvidi che sprofondava in un rotolo di ciccia. Che ironia, stavo ingrassando! Tutta colpa delle arance! Balzai in piedi e mi impegnai in una serie di esercizi ginnici. Flessioni, capriole, piegamenti. Sudavo copiosamente e ansimavo. Assetato e stanco, mi buttai sul letto. Ci sarebbe proprio voluto un bel bicchiere di latte freddo per dissetarmi.

In quel momento udii bussare alla porta di Hellfrick, che grugnì in segno di saluto. Qualcuno era entrato in camera sua. Doveva essere per forza il lattaio. Guardai l'orologio: erano quasi le quattro. Mi vestii rapidamente: pantaloni, scarpe, un maglione. Il corridoio deserto appariva sinistro alla luce rossastra di una vecchia lampadina nuda. Mi incamminai con passo sicuro e deciso, come se fossi diretto al bagno. Due rampe di scale irritabili e cigolanti e mi ritrovai al piano terra. Il camioncino bianco e rosso era parcheggiato accanto al muro dell'albergo, nel vialetto inondato dalla luna. Infilai le mani all'interno ed estrassi due bottiglie da un litro, tenendole saldamente per il collo. Le sentii deliziosamente fresche sotto le dita.

Un attimo dopo ero di nuovo in camera mia e avevo appoggiato le bottiglie sul tavolo. Erano come degli esseri umani, belle, grasse e prosperose, e sembravano riempire la stanza.

Ehi, Arturo! Ehi, dico a te, sei ben fortunato! Saranno le preghiere di tua madre, o il fatto che Dio ti ama ancora, nonostante tu te la faccia con gli atei, comunque sia, hai una bella fortuna.

In nome dei vecchi tempi, pensai, e mi inginocchiai a ringraziare, come ero solito fare alle elementari e come mia madre mi aveva insegnato, laggiù a casa: Benedicimi, o Signore, e benedici questi doni che ho appena ricevuto dalle tue mani generose, con la mediazione di Cristo, Nostro Signore, Amen. Aggiunsi un'altra preghiera, a buon conto. Rimasi inginocchiato a lungo, una buona mezz'ora, e il lattaio se n'era già andato da un pezzo quando la voglia di latte divenne irresistibile e il dolore alle ginocchia insopportabile.

Mi alzai, vacillando per i crampi, ma in pace con me stesso. Aprii una delle bottiglie, tolsi lo spazzolino da denti dal bicchiere e lo riempii fino all'orlo. Mi voltai verso la fotografia di J.C. Hackmuth, che mi guardava dalla parete.

«Alla tua salute, Hackmuth! Cin cin».

Poi bevvi avidamente, finché la gola non mi si contrasse, chiudendosi di colpo, e io venni scosso da un brivido di disgusto. Era latticello e io non ero mai riuscito a tollerarlo. Lo sputai, mi sciacquai la bocca e mi precipitai a esaminare l'altra bottiglia. Anche lì, latticello.

Quattro

Mi trovavo a Spring Street, nel bar di fronte al negozio di roba usata. C'ero andato per prendermi una tazza di caffè con gli ultimi cinque cent che mi restavano. Un locale vecchiotto, con la segatura per terra e, sulle pareti, dei nudi disegnati con crudezza. Un posto frequentato dagli anziani, dove la birra costava poco e puzzava di acido, e il passato era rimasto immutato.

Mi sedetti a uno dei tavolini appoggiati al muro. Ricordo che mi presi il capo tra le mani. Udii la sua voce, ma non alzai gli occhi. Ricordo che mi chiese: «Cosa ti porto?» e io le ordinai un caffè con la panna. Rimasi lì, seduto immobile, finché non mi mise davanti la tazzina, rimasi lì per un tempo interminabile, pensando all'ineluttabilità del mio destino.

Il caffè era pessimo. Quando mescolai la panna, capii che doveva trattarsi di tutt'altro, perché l'insieme assunse una sfumatura grigiastra e il gusto mi parve quello della risciacquatura di stracci. La cosa mi irritò perché, per quel caffè, avevo speso i miei ultimi cinque cent. Mi guardai attorno in cerca della ragazza che mi aveva servito. Era piuttosto lontana e stava trasferendo delle birre dal vassoio che aveva in mano a un tavolo. Era girata di schiena e io notai la linea morbida e compatta delle spalle sotto il grembiule bianco, la lieve traccia dei muscoli sulle braccia e i capelli neri, folti e lucenti, che le ricadevano sciolti.

Finalmente si voltò e io la chiamai con un cenno. Mi prestò poca attenzione, ma spalancò gli occhi, assumendo un'espressione di infastidita indifferenza. A parte il contorno del viso e il candore dei denti, non era bella. I denti li notai quando si voltò a sorridere a uno degli avventori, rivelando una striscia bianca tra le labbra dischiuse. Aveva il naso degli indios, piatto, con le narici larghe. Le labbra, spesse come quelle di una negra, erano cariche di rossetto. Apparteneva a un'altra razza, e forse ne era un esemplare pregevole, ma era troppo strana per me. Aveva gli occhi a mandorla, la carnagione scura, anche se non nera, e quando camminava i seni si muovevano rivelando la loro sodezza.

Dopo quella prima occhiata, mi ignorò. Proseguì verso il bar, dove ordinò delle altre birre e aspettò che il barista, un tipo smilzo, riempisse i bicchieri. Nell'attesa si mise a fischiettare, lanciandomi un'occhiata distratta. Decisi di smetterla con i cenni, ma la guardai in modo tale da non lasciarle dubbi sul fatto che volevo che si avvicinasse. Improvvisamente gettò indietro la testa e scoppiò in una risata incomprensibile, che lasciò perplesso anche il barista. Poi si allontanò quasi danzando, facendo dondolare con grazia il vassoio, diretta verso un gruppo seduto all'estremità opposta del locale. Il barista la seguì con gli occhi, ancora stupito per il suo scoppio di risa. Ma io sapevo che cosa l'aveva provocato. Ero stato io. C'era qualcosa nel mio aspetto, forse il mio viso o il modo in cui me ne stavo lì seduto che l'aveva divertita e, al solo pensiero, strinsi i pugni e mi esaminai con irosa umiliazione. Mi toccai i capelli, erano pettinati. Passai le dita sul colletto e sulla cravatta, tutto a posto. Mi allungai fino a specchiarmi nello specchio che stava dietro il bancone, dove vidi riflessa la mia faccia, sicuramente pallida e preoccupata, ma non certo buffa, e mi adirai.

Cominciai a sogghignare; la guardai attentamente e sogghignai. Ma lei non venne. Arrivava vicino, persino al tavolo accanto al mio, ma non si avventurava oltre. Ogni volta che vedevo il suo viso scuro e i grandi occhi neri che mandavano lampi di ilarità, piegavo le labbra in un sogghigno. Diventò un gioco. Il caffè si raffreddò, continuò a raffreddarsi, la panna si raggrumò in una specie di schiuma sulla superficie, ma io non lo toccai. La ragazza si muoveva come se danzasse e le gambe lisce e forti sollevavano vortici di segatura ogni volta che le scarpe consunte scivolavano sul pavimento di marmo.

Erano *huarachas,* quelle scarpe, ed erano trattenute da lunghi lacci di cuoio attorno alle caviglie. Erano ridotte in uno stato pietoso, la fascetta era tutta sfilacciata. Quando le notai, provai un senso di soddisfazione; avevo trovato qualcosa su cui appuntare le mie critiche. Era una ragazza di circa vent'anni, alta e dritta, e non aveva altro difetto che quelle logore *huarachas*. Cominciai a fissarle, le osservai attentamente e deliberatamente, girandomi e allungando il collo per scrutarle, sogghignando e ridacchiando tra me. Era chiaro che la cosa mi divertiva, come prima si era divertita lei alla vista della mia faccia, o qualsiasi cosa fosse stata. Ne rimase molto colpita. Poco per volta tutto il suo piroettare si acquietò e lei si limitò ad andare avanti e indietro con aria sempre più furtiva. Era imbarazzata e mi accorsi che si lanciava delle rapide occhiate verso i piedi; un attimo dopo aveva smesso di ridere e il suo volto si era rabbuiato, finché prese a osservarmi con uno sguardo d'odio.

Mi sentivo esultante, stranamente felice, finalmente rilassato. Il mondo era pieno di gente incredibilmente divertente. A questo punto lo smilzo che stava dietro il bar mi lanciò un'occhiata che io ricambiai con un'amichevole strizzatina d'occhi. Mi fece un cenno di complicità con il capo. Sorrisi e mi appoggiai allo schienale, appagato.

La ragazza non aveva ancora preso i soldi del caffè. Ma prima o poi avrebbe dovuto farlo, a meno che non me ne fossi andato, lasciandoglieli sul tavolo. Io, però, non avevo nessuna intenzione di muovermi. Mi misi ad attendere. Passò mezz'ora. Quando portava al banco le ordinazioni non si fermava più davanti, in piena vista, ma girava dietro. Aveva smesso di guardarmi, ma sapeva di essere osservata.

Finalmente puntò dritta verso il mio tavolo. Procedeva con aria orgogliosa, il mento alzato, le braccia tese lungo i fianchi. Avrei voluto tenerle gli occhi addosso, ma non riuscii. Distolsi lo sguardo, continuando a sorridere.

«Desideri qualcos'altro?» mi domandò.

Il grembiule bianco odorava di amido.

«La chiami caffè questa roba?» le dissi.

Improvvisamente scoppiò di nuovo a ridere. Il suo era un riso stridulo e folle che ricordava l'acciottolìo delle stoviglie e si concluse di colpo, così com'era cominciato. Le guardai di nuovo i piedi. Sentii qualcosa ritrarsi, dentro di lei. Volevo ferirla.

«Forse non è nemmeno caffè» soggiunsi. «Forse è l'acqua in cui hai fatto bollire le tue sudicie scarpe». La fissai negli occhi neri e fiammeggianti. «Forse non ci hai pensato oppure sei sbadata di natura. Ma se io fossi una ragazza non mi farei vedere in giro con delle scarpe come quelle».

Quando finii, avevo il fiato mozzo. Le sue labbra spesse tremavano e le mani si torcevano sotto la stoffa inamidata delle tasche.

«Ti odio» mi disse.

Lo sentivo, quest'odio. Potevo quasi annusarlo, o udirne il suono, ma sogghignai di nuovo. «Lo spero bene» ribattei. «Chi si attira il tuo odio non può essere altro che un tipo in gamba».

A questo punto disse una strana cosa. La ricordo con chiarezza. «Vorrei che ti venisse un colpo» mi disse. «E che restassi lì secco, in quella sedia».

Parve profondamente soddisfatta, nonostante fossi scoppiato a ridere. Si allontanò sorridendo. Si fermò di nuovo davanti al bar, in attesa di altre birre, fissandomi con gli occhi lucidi di uno strano desiderio, e io mi sentii a disagio, ma continuai a ridere. Aveva ripreso a danzare, scivolando da un tavolo all'altro col suo vassoio, e ogni volta che la guardavo mi segnalava sorridendo il suo desiderio, che, pian piano, sortì su di me un effetto misterioso. Diventai consapevole del mio corpo, del battito del cuore e delle contrazioni dello stomaco. Capii che non sarebbe più tornata al mio tavolo e ora ricordo che ne fui contento e che fui colto da una strana inquietudine e dall'ansia di andarmene, di sottrarmi all'insistenza del suo sorriso. Prima di uscire, feci qualcosa che mi riempì di soddisfazione. Estrassi dalla tasca la moneta da cinque cent e la posai sul tavolo. Poi ci rovesciai sopra una buona metà del caffè contenuto nella tazzina. Sarebbe stata costretta a ripulire quello schifo con il tovagliolo. La brodaglia scura si sparse sul tavolo e, mentre mi alzavo, cominciò a colare per terra. Giunto alla porta, mi fermai a guardarla un'ultima volta. Aveva ancora lo stesso sorriso. Le indicai il tavolo con il caffè rovesciato, poi le rivolsi un cenno d'addio e uscii. Mi sentivo proprio bene e, una volta di più, mi parve che il mondo fosse un vero spasso.

Non ricordo cosa feci dopo averla lasciata. Forse mi recai da Benny Cohen, che stava sopra il Mercato centrale. Aveva una gamba di legno con una porticina e, dentro la porticina, una riserva di sigarette di marijuana, che smerciava a quindici cent l'una. Vendeva anche giornali, l'«Examiner» e il «Times». La stanza era invasa da pile di «The New Masses». Forse mi rattristò come sempre con la sua visione del futuro, atrocemente cupa. Forse mi minacciò con il suo dito sporco, maledicendomi per aver tradito il proletariato da cui provenivo. Forse mi spedì come al solito fuori della stanza e poi, lungo le scale polverose, fin nella nebbia della strada, con le mani che mi prudevano dal desiderio di strozzare un imperialista. Forse questo o forse altro, non ricordo più.

Ma ricordo quella notte, nella mia stanza. Le luci dell'Hotel St. Paul proiettavano chiazze rosse e blu sul letto dove giacevo tremante, a sognare la collera della ragazza, il modo in cui danzava tra i tavoli e lo sguardo nero dei suoi occhi. Ricordo che la sognai fino a dimenticare che ero povero e senza nemmeno l'idea per un racconto.

Andai a cercarla presto, il mattino seguente. Erano le otto e io ero già in Spring Street, con in tasca una copia di *Il cagnolino rise*. Se l'avesse letto, l'opinione che aveva di me sarebbe cambiata. Lo tenevo nella tasca posteriore, firmato e pronto per essere consegnato appena se ne fosse presentata l'occasione. Ma a quell'ora il locale era ancora chiuso. Si chiamava Columbia Buffet. Col naso schiacciato contro la vetrina, guardai all'interno. Le sedie erano rovesciate sui tavoli e un uomo anziano con un paio di stivali di gomma stava lavando per terra. Percorsi un paio di isolati nell'aria umida, resa già azzurrina dai gas di scarico delle auto. Poi mi venne un'idea che mi parve fantastica. Presi la rivista, cancellai la mia firma e al suo posto scrissi: "A una principessa maya, da un gringo immeritevole". Avevo trovato il tono giusto. Tornai al Columbia Buffet e bussai al vetro della porta. Il vecchio aprì; aveva le mani bagnate e il sudore gli colava dalla testa.

«Come si chiama la ragazza che lavora qui?» gli domandai.

«Vuoi dire Camilla?»

«Quella che era qui ieri sera».

«È lei» mi disse. «Camilla Lopez».

«Può darle questa?» gli feci. «Gliela dia e basta. Le dica che è venuto un tizio a portargliela».

Si passò le mani bagnate sul grembiule e prese la rivista. «La tenga bene» gli dissi. «È preziosa».

Il vecchio chiuse la porta. Attraverso il vetro lo vidi tornare zoppicando al suo straccio. Depose la rivista sul bancone del bar, dove una lieve brezza ne agitò le pagine, e si rimise al lavoro. Mentre mi allontanavo, cominciai a temere che si sarebbe dimenticato di dargliela. Quando raggiunsi il centro civico mi resi conto di aver commesso un grosso errore: la dedica che avevo scritto non avrebbe fatto alcun effetto a una ragazza come quella. Tornai rapidamente sui miei passi e bussai di nuovo al vetro. Udii il vecchio imprecare e borbottare mentre armeggiava per aprire. Si deterse il sudore dagli occhi stanchi e mi guardò.

«Potrebbe ridarmi la rivista?» gli dissi. «Voglio scrivere qualcos'altro».

Il vecchio non riusciva a capire. Scosse il capo con un sospiro e mi disse di entrare. «Accidenti, se la vada a prendere» mi disse. «Ho da fare, io».

Appiattii la rivista sul bancone e cancellai la dedica alla principessa maya. Al suo posto scrissi:

> *Cara scarpe scalcagnate,*
> *tu forse non lo sai, ma ieri sera hai insultato l'autore di questo racconto. Sei capace di leggere? In caso affermativo dedica quindici minuti del tuo tempo alla lettura di questo capolavoro. E la prossima volta sta' attenta. Non è detto che chiunque capiti in questo buco sia un barbone.*
>
> Arturo Bandini

Porsi la rivista al vecchio, che continuò imperterrito nel suo lavoro. «La dia a Miss Lopez» gli dissi. «Faccia in modo di consegnargliela personalmente».

Il vecchio lasciò cadere il manico della scopa, si fregò via il sudore dalla faccia rugosa e mi indicò la porta. «Se ne vada!» mi disse.

Rimisi la rivista sul bancone e uscii senza fretta. Arrivato alla porta mi voltai e lo salutai con la mano.

CINQUE

Non sarei morto di fame. Avevo ancora qualche arancia sotto il letto. Quella sera me ne mangiai tre o quattro e, quando fu buio, ripresi la strada che da Bunker Hill portava al centro. Mi fermai in un androne buio, di fronte al Columbia Buffet, e mi misi a osservare Camilla Lopez. Era la stessa e indossava lo stesso grembiule bianco. Quando la vidi cominciai a tremare e provai una strana sensazione di calore alla gola. Ma dopo qualche istante questa sparì e io rimasi lì finché i piedi non presero a farmi male.

Quando mi accorsi che un poliziotto mi si stava avvicinando, mi allontanai. La notte era calda. Il vento aveva sollevato la sabbia del deserto Mojave, portandola fino in città. Non potevo toccare niente senza che minuscoli granelli scuri mi restassero attaccati alle dita e, quando tornai a casa, scoprii che il meccanismo della mia macchina da scrivere nuova era incrostato di sabbia. La sabbia mi era entrata nelle orecchie e nei capelli. Quando mi spogliai, si depositò per terra ricoprendo di un velo il pavimento. Era riuscita a infilarsi persino tra le lenzuola. Nell'oscurità, la luce rossa dell'Hotel St. Paul che lampeggiava sul mio letto si era fatta bluastra, e balzava spettrale dentro e fuori dalla stanza.

La mattina seguente non riuscii a mandar giù neanche un'arancia. Il solo pensiero mi faceva rabbrividire. A mezzogiorno, dopo una vana passeggiata in città, fui travolto dall'autocommiserazione e non riuscii più a controllarmi. Tornai in camera, mi buttai sul letto e piansi lacrime che mi salivano da profondità inesplorate. Le lasciai sgorgare da ogni parte e quando si esaurirono mi sentii di nuovo in forma. Ero tornato a essere autentico e pulito. Mi sedetti e scrissi a mia madre una lettera sincera. Le dissi che le avevo mentito per settimane e che mi mandasse dei soldi, perché volevo tornare a casa.

Mentre scrivevo, entrò Hellfrick. Si era tolto l'accappatoio e si era messo i pantaloni, tanto che, all'inizio, non lo riconobbi. Senza dire una parola, mise sul tavolo quindici cent. «Sono un uomo onesto, ragazzo» mi disse. «Sono onesto, com'è vero che son qui». E se ne andò.

Radunai le monete nel palmo della mano, saltai fuori dalla finestra e corsi giù per la strada, verso il negozio del droghiere.

Il piccolo giapponese era già pronto accanto alla cesta delle arance con un sacchetto in mano. Rimase stupito vedendo che lo oltrepassavo ed entravo nel settore principale. Comprai due dozzine di paste. Seduto sul letto, le ingurgitai più in fretta che potevo, innaffiandole con lunghe sorsate d'acqua. Mi sentivo di nuovo bene. Avevo lo stomaco pieno e mi erano avanzati cinque cent. Stracciai la lettera che avevo scritto a mia madre e mi sdraiai ad attendere la sera. Quella moneta significava che sarei potuto tornare al Columbia Buffet. E così attesi, gonfio di cibo, carico di desiderio.

Mentre entravo, mi vide. Parve contenta; me ne accorsi dal modo in cui spalancò gli occhi. La faccia le si illuminò e io provai di nuovo una stretta alla gola. Tutt'a un tratto mi sentii felice, sicuro di me, pulito e conscio della mia giovinezza. Mi sedetti allo stesso tavolo del giorno prima. C'era musica quella sera nel locale: piano e violino, suonati da due ciccione con la faccia dura, i capelli corti e l'aria mascolina. La canzone era *Over the Waves*. Ta de da da, e io mi misi a guardare Camilla che danzava con il suo vassoio. I capelli neri, folti e pesanti, sembravano un grappolo dietro cui si nascondeva il collo. Era come un santuario, quel locale. Tutto lì era santo, le sedie, i tavoli, lo straccio che aveva in mano, la segatura che calpestava. Lei era una principessa maya e quello era il suo castello. Fissai le *huarachas* sfondate che scivolavano sul pavimento e sentii di desiderarle. Avrei voluto tenermele strette al petto mentre mi addormentavo, stringerle a me e respirarne l'odore.

Non si avvicinò al mio tavolo e io ne fui contento. Non venire, Camilla, non ancora; lascia che me ne stia seduto per un po' e che mi abitui a questa rara eccitazione; lasciami tranquillo mentre la mia mente esplora l'infinito splendore della tua gloria; lasciami solo, a desiderarti e a sognare a occhi aperti.

Finalmente arrivò, portando una tazza di caffè sul vassoio. Lo stesso caffè, la stessa tazza scura e sbeccata. Giunse con gli occhi più neri e più grandi del solito, camminando con passo leggero, sorridendo con aria misteriosa, finché credetti che sarei svenuto tanto mi batteva il cuore. Quando mi si fermò accanto, sentii il lieve odore della traspirazione misto all'acre lindore del grembiule inamidato. Ne rimasi sopraffatto, come istupidito, e respirai con la bocca per evitarlo. Sorrise come per farmi sapere che non se l'era presa per il caffè rovesciato; anzi, mi parve di capire che l'episodio le fosse piaciuto. Era contenta che fosse successo, quasi riconoscente.

«Non m'ero accorta che avessi le lentiggini» mi disse.

«Non sono importanti» risposi.

«Mi dispiace per il caffè» mi disse. «Tutti qui ordinano birra. Non capita spesso di servirlo».

«Non mi stupisco, fa schifo. Anch'io ordinerei una birra se potessi permettermelo».

Indicò la mia mano con una matita. «Ti mordi le unghie» disse. «Non dovresti».

Mi ficcai le mani in tasca.

«Chi diavolo ti credi di essere per insegnarmi cosa devo fare?»

«Vuoi una birra?» mi disse. «Vado a prendertela. È gratis».

«Non portarmi un bel niente. Mi bevo questa brodaglia e me ne vado». Si diresse al bar e ordinò una birra. Notai che la pagava con una manciata di monete che aveva estratto dalla tasca. Mi portò la birra e me la piazzò sotto il naso. La cosa mi ferì.

«Portala via» le dissi. «E levati di torno. Voglio un caffè, non me ne faccio niente della birra».

Qualcuno la chiamò dal fondo del locale e lei si allontanò. Mentre si piegava sul tavolo a raccogliere i boccali vuoti, vidi la parte posteriore delle sue ginocchia. Mi agitai sulla sedia e i miei piedi urtarono qualcosa, sotto il tavolo. Era una sputacchiera. Tornò al bar e mi fece cenno sorridendo di bere la birra. Mi sentii diabolico, perverso.

Quando fui sicuro della sua attenzione, versai la birra nella sputacchiera. I suoi denti bianchi si conficcarono nel labbro inferiore e lei impallidì. Le lampeggiarono gli occhi. Mi sentivo appagato, soddisfatto. Mi appoggiai allo schienale e sorrisi al soffitto.

Lei scomparve dietro a un sottile tramezzo che nascondeva la cucina. Ricomparve tutta un sorriso. Teneva le mani dietro la schiena, come se stesse nascondendo qualcosa. Anche il vecchio che avevo visto quella mattina sbucò da dietro il tramezzo, ghignando con aria d'attesa. Camilla mi salutò con la mano. Il peggio doveva ancora venire, ma sentivo che c'eravamo vicini. Finalmente mostrò quello che aveva in mano: era la rivista che conteneva *Il cagnolino rise*. La agitò per aria, anche se nessuno poteva vederla, tranne me e il vecchio, che la fissava con gli occhi spalancati. La osservai inumidirsi un dito e girare le pagine fino a quelle corrispondenti al racconto, e la bocca mi si inaridì. Poi, si mise il giornale tra le ginocchia, le strappò via, storcendo le labbra. Alzò la sua preda sopra la testa, agitandola con un sorriso. Il vecchio scosse il capo in segno di approvazione. Poi il sorriso si spense e sul viso le apparve un'espressione decisa, mentre strappava le pagine, riducendole in minuti pezzetti. Con un gesto definitivo aprì le dita e questi caddero, volteggiando, e finirono nella sputacchiera. Mi sforzai di sorridere. Batté le mani una contro l'altra con aria annoiata, come se stesse per ripulire il palmo dalla polvere. Poi si mise una mano su un fianco, raddrizzò le spalle e si allontanò baldanzosa. Il vecchio indugiò ancora qualche istante. Oltre a me, solo lui l'aveva vista. Visto che lo spettacolo era finito, sparì anche lui dietro il tramezzo.

Rimasi lì, sorridendo mestamente, con il cuore che lacrimava per il mio racconto, per le sue frasi ben tornite, per i lievi tocchi di poesia che avevo sparso qua e là; il mio primo racconto, la cosa migliore che avevo fatto in tutta la mia vita. Era la dimostrazione che in me c'era qualcosa di buono, approvato e pubblicato dal grande J.C. Hackmuth, e lei l'aveva stracciato e gettato in una sputacchiera.

Dopo un po' spinsi indietro la sedia e mi alzai. Lei era ancora in piedi davanti al bar e mi osservò uscire. C'era della pietà per me sul suo viso e un sorrisetto di rimpianto per quanto aveva fatto, ma io evitai di guardarla e mi incamminai, mentre l'orrendo frastuono dei tram e i rumori ostili della città mi risuonavano nelle orecchie, seppellendomi sotto una valanga di colpi e di cigolii. Mi ficcai le mani in tasca e proseguii con le spalle curve.

Avevo percorso una ventina di metri quando udii qualcuno chiamarmi. Mi voltai. Era lei che mi correva incontro leggera, con le monetine che tintinnavano in tasca.

«Ehi, tu, ragazzo!» mi chiamò.

Mi fermai e lei mi raggiunse, ansimando.

«Scusami» disse, parlando in fretta e sottovoce. «Non so perché l'ho fatto... davvero».

«Lascia perdere» risposi. «Non ha importanza».

Mentre parlava, teneva d'occhio il locale. «Devo andare» mi disse. «Altrimenti si accorgono che manco. Torna domani sera, ti prego. Sarò carina con te. Scusami per quello che è successo. Tornerai, vero?»

«Forse».

Sorrise. «Mi perdoni?»

«Sicuro».

Fermo in mezzo al marciapiede, la osservai avviarsi di corsa. Dopo qualche passo si voltò, mi buttò un bacio e gridò: «A domani. Non dimenticarti!»

«Camilla!» gridai a mia volta. «Aspetta un attimo!»

Corremmo uno verso l'altro, incontrandoci a metà strada.

«Sbrigati!» mi disse. «Mi licenzieranno».

Le guardai i piedi. La sentii ritrarsi, come se avesse intuito quello che l'attendeva. Mi sentii pervadere da una sensazione piacevole, da una sorta di nuova sicurezza, come se avessi cambiato pelle. Mi misi a parlare lentamente.

«Quelle *huarachas*... devi proprio portarle, Camilla? E se evitassi di sottolineare il fatto che sei una sudicia messicana e sempre lo sarai?»

Mi guardò inorridita, con le labbra socchiuse. Poi si portò entrambe le mani alla bocca ed entrò a precipizio nel locale. «Oh! Oh! Oh!» la udii gemere.

Raddrizzai le spalle e mi allontanai baldanzoso, fischiettando soddisfatto. Nel canalino di scolo notai un lungo mozzicone di sigaretta. Lo raccolsi senza vergognarmi e lo accesi, con un piede sul marciapiede e l'altro sulla strada, esalando il fumo verso le stelle. Ero americano e ne ero maledettamente orgoglioso. Questa grande città, con i suoi larghi marciapiedi e i suoi superbi edifici, era la voce della mia America. Dalla sabbia e dai cactus noi americani avevamo eretto un impero. Anche al popolo di Camilla non erano mancate le occasioni, eppure aveva fallito. Noi, invece, ce l'avevamo fatta. Grazie a Dio era questo il mio paese! Per fortuna ero nato americano!

Sei

Mi diressi verso casa, su per le scale polverose di Bunker Hill, oltre i caseggiati ricoperti di fuliggine che fiancheggiavano la strada buia, dove sabbia, petrolio e grasso soffocavano i futili palmizi che, come prigionieri morenti, erano incatenati a una zolla di terra stretta nella morsa del marciapiede nero. Polvere, vecchie case e vecchia gente seduta alle finestre, vecchi che uscivano traballando dalle porte, e che si trascinavano lungo le strade buie. Vecchi che provenivano dall'Indiana, dall'Iowa e dall'Illinois, da Boston, da Kansas City e da Des Moines, che avevano venduto la casa e il negozio per arrivare, in treno o in automobile, fin qui, nella terra del sole, con appena quanto bastava a sopravvivere finché il sole non li avesse uccisi; vecchi che avevano divelto le loro radici negli ultimi giorni della vita, abbandonando il compiaciuto benessere di Kansas City, di Chicago e di Peoria in cambio di un posto al sole. E poi, una volta arrivati, avevano scoperto che ben altri ladri si erano già impadroniti della terra, e persino del sole. Smith e Jones e Parker, farmacisti, banchieri, panettieri, con la polvere di Chicago, di Cincinnati, di Cleveland sulle scarpe e qualche dollaro in banca, abbastanza per abbonarsi al «Los Angeles Times», abbastanza per tenere viva l'illusione che questo fosse il paradiso e che le loro casette di cartapesta fossero dei castelli. Erano sradicati, gente vuota e triste, gente vecchia e giovane, gente di casa mia, condannata a morire al sole. Eccoli i miei concittadini, i nuovi californiani. Giravano con le loro camiciole a colori vivaci e gli occhiali da sole e si sentivano arrivati.

Ma giù nella Main Street, giù a Towne e a San Pedro, e per un miglio lungo la parte inferiore della Quinta Strada vivevano tutti gli altri; le decine di migliaia che non potevano permettersi né gli occhiali da sole né una camiciola da quattro soldi, che si nascondevano nei vicoli durante il giorno e sgattaiolavano nei casini la notte. Nessuno finisce dentro per vagabondaggio, a Los Angeles, se indossa una camicia fantasia e un paio di occhiali da sole. Ma se avete le scarpe impolverate e portate un maglione pesante, come quelli che si usano dove fa freddo, state certi che non vi andrà liscia. Quindi, se appena potete, procuratevi una polo, ragazzi, e un paio di occhiali, e delle scarpe bianche. Mettetevi l'uniforme. Vi aprirà tutte le porte. E anche voi, che ora siete a casa, fra qualche tempo e dopo congrue dosi del «Times» e dell'«Examiner», finirete per prendere il volo alla volta del Sud assolato. Mangerete hamburger, un giorno dopo l'altro, e andrete ad abitare in appartamenti e alberghi polverosi, brulicanti di insetti, ma ogni mattina, svegliandovi, potrete ammirare lo splendore del sole e l'azzurro eterno del cielo. Le strade pulluleranno di creature raffinate che non possiederete mai e le calde notti semitropicali vi parleranno di avventure romantiche da cui voi sarete esclusi, ma vi sentirete ugualmente in paradiso, ragazzi, laggiù nella terra del sole.

A quelli che sono rimasti a casa potrete sempre mentire, tanto non amano la verità, non vogliono conoscerla, preferiscono credere che, prima o poi, anch'essi vi raggiungeranno nel vostro paradiso. Non pensate di imbrogliarli. Sanno benissimo com'è il Sud della California. Anche loro leggono i giornali e guardano le riviste illustrate di cui sono tappezzate le edicole di tutt'America. Le foto delle case delle dive le hanno viste anche loro. Non hanno più niente da imparare.

Mi sdraiai sul letto e mi misi a pensare, fissando le chiazze prodotte dalle luci rosse del St. Paul, che balzavano dentro e fuori dalla mia stanza, e sentendomi un verme perché quella sera mi ero comportato come uno di loro. Smith, Parker, Jones, gente con cui non avevo mai avuto niente a che spartire. Ah, Camilla! Quando ero ragazzo, laggiù nel Colorado, erano questi stessi Smith, Parker e Jones a ferirmi apostrofandomi con atroci nomignoli. Per loro ero "Wop", "Dago" o "Greaser"* e anche i loro bambini mi insultavano, come io ho insultato te, stasera. Mi hanno umiliato al punto da farmi diventare diverso e mi hanno spinto ad accostarmi ai libri, a rinchiudermi in me stesso, a scapparmene dal Colorado. E sai, Camilla, quando vedo le loro facce, riprovo a volte lo stesso dolore, la stessa umiliazione di allora e sono felice che siano qui, a morire sotto il sole, sradicati, ingannati dalla loro durezza; sono le stesse facce, le stesse bocche tirate di allora, che concludono le loro vuote esistenze sotto il sole rovente.

Li vedo negli atri degli alberghi, li vedo mentre si crogiolano al sole, nei parchi, o mentre escono traballando da

* Dispregiativi con cui gli americani indicano gli immigrati di origine latina [N.d.T.]

piccole chiese senza bellezza come il Tempio di Aimee o la Chiesa del Grande Io, con il volto rabbuiato dal contatto con i loro strani dèi.

Li ho visti sbucare dal cinema, vacillando e sbattendo gli occhi vuoti di fronte alla realtà, e poi tornare a dirigersi verso casa a leggere il «Times» per sapere cos'era successo nel mondo. Ho vomitato sui loro giornali, ho letto i loro libri, studiato le loro abitudini, mangiato il loro cibo, desiderato le loro donne, ammirato la loro arte. Ma sono povero, il mio nome termina con una vocale dolce e loro odiano me, mio padre e il padre di mio padre. Avrebbero voluto succhiarmi il sangue e abbattermi come un animale, ma ora sono vecchi e stanno morendo sotto il sole e nella polvere calda delle strade, mentre io sono giovane e pieno di speranze e di amore per il mio paese e i miei tempi, e se ti chiamo "indiana" non è il mio cuore che parla, ma il ricordo di una vecchia ferita, e io mi vergogno della cosa tremenda che faccio.

Sette

Ripenso all'Hotel Alta Loma e alla gente che ci viveva e mi torna in mente il primo giorno che vi passai. Entrai nell'atrio buio trasportando due valigie, una delle quali era piena di copie di *Il cagnolino rise*. È trascorso molto tempo, ma ho davanti un quadro molto chiaro. Ero arrivato in autobus ed ero tutto impolverato. Strati di polvere del Wyoming, dello Utah e del Nevada mi si erano depositati fin nei capelli e nelle orecchie.

«Voglio una stanza che costi poco» dissi.

La padrona aveva i capelli bianchi. Il collo era fasciato da un alto colletto a rete, stretto come un busto. Era una donna alta, sulla settantina, che sembrava ancora più grande perché, per guardarmi, si alzava sulla punta dei piedi e mi sbirciava al di sopra degli occhiali.

«Ha un lavoro?» mi chiese.

«Faccio lo scrittore» le risposi. «Guardi un po' qui».

Aprii la valigia ed estrassi una copia della rivista. «L'ho scritto io» le dissi. Ero un entusiasta, a quei tempi. «Gliene regalo una copia» le dissi. «Aspetti che gliela firmo».

Presi una stilografica dal banco, ma era senza inchiostro e dovetti intingerla. Mi passai la lingua sulle labbra pensando a qualcosa di carino da scrivere. «Come si chiama?»

le chiesi. Me lo disse a malincuore. «Sono la signora Hargraves. Perché?» Ma era un onore quello che le facevo e non avevo tempo di rispondere alle sue domande, così scrissi in cima alla prima pagina: "A una donna di fascino ineffabile, con gli occhi azzurri e il sorriso generoso, l'autore, Arturo Bandini".

Mi rivolse un sorriso che parve ferirle la faccia, riaprendo vecchie incrinature che le segnarono la carne arida attorno alla bocca e sulle guance. «Non tollero i racconti sui cani» mi disse, imboscando la rivista. Mi guardò da un punto ancora più alto, al di sopra degli occhiali. «Giovanotto» mi disse. «È messicano, per caso?»

Mi indicai e mi misi a ridere.

«Messicano, io?» scossi il capo. «Sono americano, signora Hargraves. E quello non è un racconto sui cani. Parla di un uomo e non è niente male. Non c'è nemmeno un cane, lì dentro».

«Non ospitiamo messicani in quest'albergo» insisté.

«Non sono messicano. E il titolo l'ho tratto da una favola. 'E il cagnolino rise a vedere un simile spasso'».

«E nemmeno ebrei» concluse.

Firmai il registro. Avevo una bella firma, allora, intricata, orientaleggiante, illeggibile, con un possente tratto di sottolineatura, una firma più complessa di quella del grande Hackmuth. Dopo la firma scrissi: "Boulder, Colorado".

Esaminò ciò che avevo scritto, lettera per lettera.

«Come si chiama, giovanotto?» mi chiese poi seccamente.

Provai una gran delusione all'idea che avesse già dimenticato il nome dell'autore di *Il cagnolino rise*, che era stampato a caratteri cubitali sulla rivista. Glielo ripetei. Lo scrisse con cura in stampatello sulla mia firma. Poi passò al resto.

«Signor Bandini» mi disse, guardandomi freddamente. «Boulder non è nel Colorado».

«Ce n'è uno anche lì!» le spiegai. «Quando sono partito io, almeno, c'era».

Fu irremovibile. «Boulder è nel Nebraska. Ci siamo passati io e mio marito trent'anni fa, venendo qui. La prego di correggere quello che ha scritto».

«Ma le assicuro che è nel Colorado! Ci vivono mia madre e mio padre. Ci sono andato a scuola!»

Allungò una mano sotto il banco e tirò fuori la rivista. Me la porse. «Quest' albergo non è per lei, giovanotto. I nostri ospiti sono tutte persone distinte, gente perbene».

Ignorai la rivista. Ero esausto, il lungo viaggio in autobus mi aveva massacrato. «D'accordo» le dissi. «È nel Nebraska». Cancellai Colorado e lo sostituii con Nebraska. Lei parve soddisfatta; mi guardò compiaciuta, sorrise ed esaminò la rivista. «E così lei fa lo scrittore!» esclamò. «Che bello!» E ficcò di nuovo la rivista sotto la scrivania. «Benvenuto in California! Le piacerà, qui!»

Che tipo, la signora Hargraves! Era sola, smarrita, eppure orgogliosa. Un pomeriggio mi condusse nel suo appartamento, all'ultimo piano. Fu come entrare in una tomba ben tenuta. Il marito, ora defunto, aveva avuto una bottega di utensili quando ancora vivevano a Bridgeport, nel Connecticut. C'era la sua foto appesa al muro. Un uomo straordinario, che non fumava, non beveva ed era morto di un attacco di cuore; la sua faccia stretta e severa, che spiccava entro la pesante cornice, esprimeva tuttora un deciso disprezzo per ogni tipo di vizio. Ecco il letto in cui era morto, un alto mobile di mogano, ornato da quattro colonnine, ecco i suoi abiti, appesi ordinatamente nell'armadio, e per terra, le scarpe con la punta sollevata per il lungo uso. Sulla mensola del camino c'era ancora la tazza che aveva usato per radersi (si radeva sempre da sé). Il suo nome era Bert. Che tipo, quel Bert! Bert, gli diceva lei, perché non vai dal barbiere, e Bert scoppiava a ridere, perché si considerava molto più abile di qualsiasi professionista.

La mattina, si alzava sempre alle cinque. Erano in quindici fratelli in casa sua. Era in gamba nel suo lavoro; le riparazioni nell'albergo le aveva sempre fatte lui. Ci aveva messo tre settimane a dipingere la parte esterna dell'edificio e, secondo lui, nessun imbianchino avrebbe potuto farlo meglio. Per due ore continuò a parlarmi di Bert. Dio, come lo amava, nonostante fosse morto! Ma lui non era affatto morto; era lì, in quell'appartamento, e la sorvegliava, la proteggeva, sfidandomi a farle del male. Mi spaventai e provai l'impulso di squagliarmela. Prendemmo il tè; era vecchio, lo zucchero pure, e le tazze erano polverose. Lì dentro tutto sapeva di morte, persino i biscotti rinsecchiti. Quando mi alzai per andarmene, Bert mi seguì oltre la porta lungo il corridoio, come per vedere se mi azzardavo a parlar male di lui. Per due giorni e due notti mi perseguitò, minacciandomi e persino allettandomi, perché smettessi di fumare.

*

Ricordo quel tipo di Memphis. Non gli ho mai chiesto il nome e lui non ha mai chiesto il mio. Ci salutavamo con un “Salve!” Rimase lì qualche settimana soltanto. Lo ricordo seduto nel portico dell’albergo, con la faccia brufolosa coperta dalle lunghe mani. Lo trovavo lì a qualsiasi ora della notte, a mezzanotte, all’una, alle due, che si dondolava avanti e indietro sulla sedia di vimini, tormentandosi il volto con le dita nervose che infilava poi tra i lunghi capelli scarmigliati. «Salve» gli dicevo; «Salve» rispondeva.

La polvere inquieta di Los Angeles gli metteva addosso la febbre. Girovagava ancor più di me, cercando di continuo amori perversi nei parchi. Ma era così brutto che non riusciva mai a soddisfare il suo desiderio, e le notti calde con le stelle basse e la luna gialla lo torturavano, spingendolo fuori della sua stanza fino allo spuntare del giorno. Una notte mi parlò, e io, nauseato e infelice, lo ascoltai perdersi nei ricordi di Memphis, Tennessee, dove la gente era gente sul serio e dove lui aveva un sacco di amici. Un giorno se ne sarebbe andato da quest’odiosa città, un giorno sarebbe tornato là dove l’amicizia contava davvero qualcosa. Partì, difatti, e io ricevetti una cartolina firmata “Quello di Memphis” da Fort Worth, nel Texas.

Poi c’era Heilman, socio del club del Libro del Mese. Un uomo enorme, con le braccia simili a tronchi e le gambe che sembravano esplodergli dai pantaloni. Faceva il cassiere in una banca. Sua moglie stava a Moline, nell’Illinois, e il figlio studiava all’Università di Chicago. Odiava il Sud-Ovest e portava quest’odio stampato sul suo faccione, ma la salute non gli lasciava alternative: o restava o crepava. Disprezzava tutto quello che aveva a che fare con l’Ovest. Stava male dopo ogni partita di football in cui l’Est perdeva. Sputava se qualcuno menzionava i Trojans. Detestava il sole, malediceva la nebbia, imprecava contro la pioggia, sognava sempre le nevi del suo paese. Una volta al mese arrivava un grosso pacco nella sua cassetta delle lettere. Se ne stava sempre nell'atrio a leggere, ma i suoi libri non li prestava a nessuno.

«È una questione di principio» diceva.

Ogni mese mi lasciava nella cassetta il notiziario del suo club, un opuscolo in cui venivano presentati i nuovi libri.

Ricordo la rossa di St. Louis che faceva sempre un sacco di domande sui filippini. Dove vivevano? Quanti erano? Li conoscevo? Una tipa emaciata, con le lentiggini che si intravedevano sotto lo scollo del vestito. Si vestiva sempre di verde, ma la sua testa ramata era troppo vistosa per essere bella e gli occhi spiccavano troppo grigi nel suo viso. Trovò lavoro in una lavanderia, ma non guadagnava abbastanza, così lo lasciò. Anche lei vagabondava per le strade afose. Una volta mi prestò un quarto di dollaro, un'altra volta dei francobolli. Parlava in continuazione dei filippini, compatendoli ed esaltando il coraggio con cui reagivano al pregiudizio. Un giorno sparì, ma poi la rividi che se ne andava in giro sottobraccio a un piccolo filippino, mentre il sole traeva riflessi ramati dai suoi capelli. Lui sembrava molto orgoglioso di portarsela a spasso. La sua giacca attillata, con le spalle imbottite, era l'ultimo grido della moda nei quartieri popolari, ma, nonostante i tacchi, lui le arrivava al mento.

Tra tutti gli ospiti dell'albergo, uno solo lesse *Il cagnolino rise*. Quei primi giorni firmai un sacco di copie e le portai di sopra, piazzandole bene in vista un po' ovunque sul tavolo della biblioteca, sul divano, persino sulle capaci poltrone di cuoio, in modo da costringere chiunque volesse sedersi a prenderle. Nessuno si curò di leggerle, tranne una persona. Rimasero in giro una settimana, ignorate da tutti. Persino il ragazzo giapponese, quando spolverava la stanza, non faceva nemmeno la fatica di alzarle. Era una stanza di ritrovo, dove ci si riuniva la sera a fare quattro chiacchiere o a giocare a bridge. Io entravo, mi sedevo in poltrona e mi mettevo in osservazione. C'era da scoraggiarsi. Un donnone arrivò al punto di sedersi tranquillamente sulla rivista senza curarsi di toglierla. Venne il giorno in cui il ragazzo giapponese ammonticchiò le riviste sul tavolo, dove rimasero a prendere la polvere. Ogni tanto le ripulivo con un fazzoletto, distribuendole nuovamente in giro, ma immancabilmente le ritrovavo ammucchiate in una pila ordinata sul tavolo. Forse sapevano che quel racconto l'avevo scritto io ed evitavano deliberatamente di leggerlo. O forse non gliene importava. Nemmeno a Heilman, con tutto il suo amore per la lettura. Nemmeno alla padrona. Scossi il capo: erano una banda di idioti, tutti quanti, nessuno escluso. La storia parlava del loro adorato *middle-west*, del Colorado e di una tempesta di neve, ma loro se ne stavano lì, con le loro anime sradicate e le facce bruciate dal sole, a morire in quel deserto luccicante, incuranti del fatto che la frescura delle terre da cui provenivano fosse lì a portata di mano, racchiusa nelle pagine di quella rivista. Be', pensai, è sempre andata così: Poe, Whitman, Heine, Dreiser e ora Bandini, e questo pensiero serviva a lenire la mia solitudine.

La persona che lesse la mia storia si chiamava Judy, di cognome Palmer. Bussò alla mia porta un pomeriggio e, quando aprii, vidi che aveva in mano una copia della rivista. Aveva solo quattordici anni e i capelli scuri, con la frangia e un nastro rosso legato con un fiocco in cima alla testa.

«È lei il signor Bandini?» mi chiese.

Capii dai suoi occhi che aveva letto il mio racconto. Lo capii subito. «Hai letto la mia storia, vero?» le dissi. «Ti è piaciuta?»

Si strinse la rivista al petto e sorrise. «È fantastica» mi disse. «Fantastica! La signora Hargraves mi ha detto che l'ha scritta lei. Ha detto che me ne avrebbe regalata una copia».

Sentii il cuore che mi palpitava in gola.

«Entra!» le dissi. «Accomodati! Siediti! Come ti chiami? Certo che te ne darò una copia! Sicuro! Avanti, vieni dentro!»

Mi precipitai a prenderle la sedia migliore. Si sedette con delicatezza, ma, nel sedersi, il vestito infantile che indossava si rialzò, lasciandole scoperte le ginocchia. «Vuoi un bicchiere d'acqua?» le domandai. «Fa caldo, oggi. Forse hai sete».

Ma non aveva sete. Era soltanto nervosa. Capii che l'avevo spaventata. Cercai di essere più gentile perché non volevo che se ne andasse. Avevo ancora un po' di soldi, a quei tempi. «Ti piace il gelato?» le domandai. «O preferisci un bicchiere di latte?»

«Non posso trattenermi qui o la mamma si arrabbierà».

«Abiti qui? E tua madre l'ha letto, il racconto? Come ti chiami?» Sorrisi, tutto inorgoglito. «Il mio nome lo conosci già» soggiunsi. «Mi chiamo Arturo Bandini».

«Oh, sì!» sussurrò, spalancando gli occhi per l'ammirazione, tanto da farmi desiderare di gettarmi in lacrime ai suoi piedi. Sentii il pianto che mi solleticava la gola e provai vivissimo l'impulso di scoppiare in singhiozzi.

«Sei sicura di non volere un gelato?»

Era così aggraziata, lì seduta con il roseo mento alzato e le manine che stringevano la rivista. «No, grazie, signor Bandini».

«Nemmeno una coca?»

«Grazie, no». E sorrise.

«Una gazzosa, allora».

«No, davvero. La ringrazio».

«Come ti chiami?» ripetei. «Io...» ma mi fermai in tempo.

«Judy» rispose.

«Judy!» dissi, e lo ripetei più volte. «È meraviglioso» esclamai. «È un nome da diva. È il nome più bello che abbia mai sentito!»

«Grazie!»

Aprii il cassetto della scrivania, in cui avevo riposto alcune copie della mia rivista. Ce n'erano ancora parecchie, circa una quindicina. «Te ne darò una copia nuova» le dissi. «Con dedica. Voglio scriverti qualcosa di carino, di speciale».

Arrossì di piacere. Quella ragazzina non stava fingendo; era davvero emozionata e la sua gioia era come un rivolo di acqua fresca sulla mia faccia. «Te ne regalerò due copie» le dissi. «Tutte e due con dedica!»

«Lei è un uomo molto gentile» mi disse, scrutandomi mentre aprivo la boccetta d'inchiostro. «Lo si capisce dal racconto».

«Non sono un uomo» precisai. «Sono poco più grande di te, Judy». Non volevo aver l'aria del vecchio davanti a lei. Anzi, volevo sembrarle il più giovane possibile. «Ho solo diciott'anni» mentii.

«Davvero?» commentò, stupita.

«Ne compirò diciannove tra un paio di mesi».

Le scrissi una dedica su entrambe le copie della rivista. Non ricordo le parole, ma so che erano belle e che mi venivano dal cuore perché le ero veramente grato. Ma non ero contento. Volevo risentire la sua vocina esile e trattenerla nella mia stanza il più a lungo possibile.

«Judy, sarei molto onorato se leggessi il mio racconto ad alta voce» le dissi. «Mi farebbe molto piacere sentirlo leggere da te».

«Molto volentieri!» mi disse e si irrigidì sulla sedia, tutta intenta. Mi buttai sul letto, seppellii la faccia nel cuscino, mentre lei iniziava a leggere con voce così dolce che mi venne da piangere dopo le prime frasi. Era un sogno, era come se un angelo si fosse messo a parlare nella mia stanza e poco dopo anche lei piangeva, tanto da doversi interrompere di tanto in tanto per i singhiozzi. «Non riesco più ad andare avanti» protestava. «Non ce la faccio». E io mi voltavo a pregarla: «Ti prego, Judy. Devi continuare!»

Eravamo al culmine dell'emozione quando una donna alta, con la bocca amara, entrò in camera senza bussare. Capii che doveva essere sua madre. Mi studiò con espressione feroce e poi, senza una parola, prese Judy per mano e la condusse via. La ragazzina mi lanciò un addio tra le lacrime, tenendosi le riviste strette al petto minuto. Se ne andò come era venuta, e non la rividi mai più. Nemmeno la padrona ci capì niente, perché madre e figlia ripartirono quello stesso giorno, senza nemmeno pernottare.

Otto

Nella cassetta delle lettere trovai una lettera di Hackmuth. Capii subito che era sua. Avrei potuto riconoscerle a un chilometro di distanza, le sue lettere. Mi procuravano sempre delle strane sensazioni e questa volta mi parve che un ghiacciolo mi scivolasse lungo la spina dorsale. La signora Hargraves me la porse e io gliela strappai di mano.

«Buone notizie?» mi domandò. Ero molto in arretrato con l'affitto. «Non si può mai dire» le risposi. «Comunque, chi me la scrive è un grand'uomo. Anche se mi mandasse dei fogli bianchi, per me sarebbe ugualmente una buona notizia».

Però sapevo che non poteva esserlo nel senso che intendeva lei, perché non avevo inviato alcun racconto al potente Hackmuth. Questa doveva essere la risposta alla mia lunga lettera di qualche giorno prima. Che tipo sollecito, quell'Hackmuth. Era sorprendente la sua rapidità. Non si faceva in tempo a infilare una lettera nella cassetta della posta, giù all'angolo, che già si riceveva la risposta. Ma, ahimè, le sue lettere erano molto brevi. Gli avevo scritto quaranta pagine e lui mi mandava un biglietto. C'era il pregio che si potevano imparare a memoria. Aveva personalità, quell'Hackmuth, e uno stile tutto suo, e soprattutto aveva tanto da dare che persino le virgole e i due punti trasmettevano un loro messaggio. Toglievo sempre i francobolli dalla busta, staccandoli con delicatezza, per vedere cosa c'era sotto.

Mi sedetti sul letto e tirai fuori la lettera. Era molto succinta, non superava le cinquanta parole.

Caro signor Bandini,
col suo permesso vorrei tagliare l'inizio e la fine della sua lunga lettera e pubblicarla come un racconto sulla mia rivista. Mi sembra che si tratti di un ottimo lavoro. Come titolo propongo Le colline perdute. *Troverà accluso un mio assegno. Cordialmente,*

J.C. Hackmuth

La lettera mi scivolò tra le dita e volteggiò fino a terra. Mi alzai e mi guardai allo specchio. Avevo la bocca spalancata. Mi incamminai verso la parete opposta, a cui era appesa la foto di Hackmuth e toccai con le dita il volto deciso che mi guardava. Raccolsi la lettera e la rilessi. Aprii la finestra, scavalcai il davanzale e mi sdraiai sul pendio erboso. Mi aggrappai all'erba con le dita, mi girai sullo stomaco, affondai la bocca nel tappeto erboso e strappai forte con i denti. Poi cominciai a piangere. Oh, Dio, Hackmuth! Come fai a essere così straordinario? Com'è possibile? Tornai in camera e tirai fuori l'assegno dalla busta. 175 dollari, ero di nuovo ricco. 175 dollari tutti per me, Arturo Bandini, autore di *Il cagnolino rise* e *Le colline perdute*.

Mi fermai di nuovo davanti allo specchio, scuotendo il pugno con aria di sfida. Eccomi qui, gente. Avete un grande scrittore davanti a voi. Vedete i miei occhi? Sono quelli di un grande scrittore. E la mascella? È quella di un grande scrittore. Guardatemi un po' le mani. Sono le stesse che hanno scritto *Il cagnolino rise* e *Le colline perdute.* Puntai l'indice con aria decisa. Quanto a te, Camilla Lopez, voglio vederti questa sera. Voglio parlarti, Camilla Lopez, e sta' attenta, perché hai a che fare con Arturo Bandini, lo scrittore. Tienilo ben presente.

La signora Hargraves mi cambiò l'assegno. Le pagai quanto le dovevo e aggiunsi due mesi di affitto anticipato. Mi rilasciò una ricevuta per l'intera somma, ma io non l'intascai. «Lasci stare» le dissi. «Mi fido ciecamente di lei». Insisté perché la prendessi e io me la ficcai in tasca. Poi misi altri cinque dollari sul banco. «Questi sono per lei, signora Hargraves. Per ringraziarla della sua gentilezza». Lei li respinse. «È ridicolo» disse. Ma io non li presi. Me ne andai e lei mi seguì, rincorrendomi fin sulla strada.

«Signor Bandini, si riprenda i suoi soldi, per favore».

Puah, cinque dollari, un'inezia! Scossi il capo. «Signora Hargraves, insisto perché li tenga». Ci mettemmo a discutere sotto il sole, mercanteggiando in mezzo al marciapiede. Mi invitò risolutamente a riprenderli; le risposi con un sorriso tranquillo. «No, signora Hargraves, mi dispiace. Non torno mai sulle mie decisioni».

Si allontanò, pallida di rabbia, tenendo fra le dita la banconota come se fosse stato un topo morto. Scossi la testa. Cinque dollari! Una sciocchezza per Arturo Bandini, autore di alcuni racconti pubblicati da J.C. Hackmuth.

Mi incamminai verso la città e proseguii sotto il sole, facendomi largo tra la folla fino al magazzino della May Company. Era il più bell'abito che avessi mai comprato, marrone a righine, con due paia di pantaloni. Ora sì che sarei stato elegante! Comprai anche un paio di scarpe bicolori, bianche e marroni, camicie e calzini in quantità, e infine un cappello. Il mio primo cappello, di vero feltro marrone scuro con la fodera di seta bianca. I pantaloni avevano bisogno di qualche modifica. Purché si sbrigassero! Ma li sistemarono in fretta. Mi cambiai dietro un paravento e ne uscii rimesso a nuovo, con il cappello in testa. Il commesso infilò i miei abiti vecchi in una scatola, ma non mi interessavano più. Gli dissi di darli all'Esercito della Salvezza, e di mandarmi il resto degli acquisti in albergo. Prima di uscire, mi comprai un paio di occhiali. Passai il resto del pomeriggio a far compere, tanto per ingannare il tempo. Comprai delle sigarette, dei dolci e della frutta candita. Comprai due risme di carta di buona qualità, degli elastici, delle graffette, dei taccuini, un piccolo schedario e un arnese per fare i buchi nei fogli. Continuai con un orologio a buon mercato, una lampada da notte, un pettine, degli spazzolini da denti, dentifricio, lozione per i capelli, crema da barba, lozione per la faccia e una cassettina per il pronto soccorso. Mi fermai in una camiceria e comprai delle cravatte, una cintura nuova, una catena per l'orologio, dei fazzoletti, un accappatoio e delle pantofole. Quando arrivò la sera ero carico come un somaro. Chiamai un taxi e mi feci portare a casa.

Ero molto stanco. Il sudore mi aveva inzuppato l'abito nuovo, colandomi lungo le gambe fino alle caviglie. Ma mi ero divertito. Feci un bagno, mi frizionai la pelle e mi lavai i denti con lo spazzolino nuovo. Poi mi sbarbai con la crema che avevo appena comprato e mi inzuppai i capelli di lozione. Dopodiché oziai un po' in accappatoio e pantofole, riposi gli articoli di cancelleria, mi fumai un paio di sigarette e assaggiai i dolci.

Il fattorino della May Company mi recapitò una scatola contenente il resto dei miei acquisti e i miei abiti vecchi. Li presi e li buttai nel cestino della carta straccia. Era ora di vestirmi. Mi infilai mutande, camicia e calze, il tutto nuovo di zecca, e l'altro paio di pantaloni. Poi mi misi la cravatta e le scarpe nuove. In piedi davanti allo specchio, mi inclinai il cappello su un occhio e mi esaminai. L'immagine che vedevo riflessa non mi era molto familiare. Non ero soddisfatto della cravatta; mi tolsi la giacca e ne provai un'altra. Nemmeno questa mi andava. Tutt'a un tratto, cominciai a provare un certo disagio. Il colletto rigido mi strangolava. Le scarpe mi pizzicavano i piedi. I pantaloni erano impregnati dell'odore del magazzino dove li avevo acquistati e stringevano all'altezza del cavallo. Cominciai a sudare nel punto in cui la fascia del cappello mi comprimeva il cranio. Improvvisamente mi sentii prudere ovunque e quando mi mossi mi parve di scricchiolare come un sacchetto di carta. L'odore penetrante delle lozioni mi fece storcere il naso. Madre del cielo, che fine aveva fatto il vecchio Bandini, autore di *Il cagnolino rise*? Possibile che questo buffone vestito a festa fosse colui che aveva scritto *Le colline perdute*? Mi spogliai rapidamente, misi la testa sotto l'acqua e mi rivestii con i miei abiti vecchi. Anch'essi erano contenti di rivedermi; mi si strinsero addosso, dandomi una sensazione di piacevole frescura, mentre i miei piedi tormentati scivolarono nelle solite scarpe come su un prato di erba tenera.

Nove

Montai su un taxi e mi feci portare al Columbia Buffet. L'autista accostò al marciapiede e si fermò proprio di fronte alla porta, che era aperta. Scesi e gli porsi un biglietto da venti dollari. Non aveva il resto. Fu una fortuna perché, nel tempo che impiegai a trovarne uno di taglio inferiore, Camilla si fece sulla soglia. Non capitava spesso che un taxi si fermasse davanti al Columbia Buffet. La salutai appena con un cenno del capo, entrai e mi sedetti al primo tavolo libero. Stavo leggendo la lettera di Hackmuth quando lei mi rivolse la parola.

«Ce l'hai con me?» mi chiese.

«Direi proprio di no» le risposi.

Si mise le mani dietro la schiena e si guardò i piedi. «Non noti niente di diverso?»

Aveva un paio di scarpine nuove, bianche, con il tacco alto.

«Molto carine» commentai, immergendomi di nuovo nella lettura della lettera. Mi osservò con l'aria imbronciata. Alzai lo sguardo e le feci l'occhiolino.

«Scusami» dissi. «Roba di lavoro».

«Desideri qualcosa?»

«Un sigaro» le dissi. «Avana, ma di prima qualità».

Mi portò la scatola. Ne presi uno.

«Costano molto» mi disse. «Un quarto di dollaro».

Sorrisi e le porsi un dollaro.

«Tieni il resto».

Lei rifiutò.

«Non da te» mi disse. «Tu sei povero».

«Ora non più» osservai. Accesi il sigaro, poi mi appoggiai allo schienale e alzai la faccia, dirigendo il fumo al soffitto. «Niente male per il suo prezzo» osservai.

Le due donne in fondo al locale stavano massacrando *Over the Waves*. Con una smorfia spinsi i soldi che mi aveva dato di resto verso Camilla. «Chiedi che mi suonino qualcosa di Strauss» le dissi.

Raccolse un quarto di dollaro, ma io la costrinsi a prendere tutto. Le donne la guardarono stupefatte. Camilla mi indicò con la mano. Mi rivolsero dei cenni di ringraziamento, raggianti. Annuii dignitosamente. Attaccarono a suonare *Storielle del bosco viennese*. Le scarpe nuove di Camilla le facevano male ai piedi. La sua vivacità era sparita. Camminava con le mascelle serrate, sobbalzando di tanto in tanto.

«Vuoi una birra?» mi domandò.

«Meglio un whisky e soda» le risposi. «St. James, se l'avete».

Confabulò con il barista, poi tornò al mio tavolo. «Niente St. James. Ma abbiamo del Ballantine's. Costa caro, però, quaranta cent».

Ne ordinai uno per me e uno per ciascuno dei due baristi. «Non dovresti buttar via così i tuoi soldi» mi disse. Alzai il bicchiere per rispondere al brindisi dei baristi e sorseggiai il mio drink. Feci una smorfia di disgusto.

«Che schifezza» commentai.

Lei era in piedi davanti a me, con le mani in tasca.

«Credevo che ti piacessero, le mie scarpe» mi disse. Avevo ripreso a leggere la lettera di Hackmuth.

«Sono carine» le risposi.

Si diresse zoppicando a un tavolo che era appena stato lasciato libero e si mise a raccogliere i boccali vuoti. Aveva l'aria triste, si vedeva che c'era rimasta molto male. Io non la smettevo di rileggere la lettera di Hackmuth, mandando giù qualche sorso di tanto in tanto. Dopo un po' tornò al mio tavolo.

«Sei cambiato» mi disse. «Non sei più quello che eri, mi piacevi di più prima».

Sorrisi e le diedi un colpetto sulla mano. Era calda, morbida, scura, con le dita lunghe. «Piccola principessa messicana» le dissi. «Sei così incantevole, così innocente!»

Strappò via la mano e impallidì.

«Non sono messicana!» esclamò. «Sono americana».

Scossi la testa.

«No» insistei. «Per me sarai sempre una piccola, dolce *peona.* Un fiore del vecchio Messico».

«Brutto bastardo di un italiano!»

Rimasi come accecato, ma continuai a sorridere. Se ne andò traballando, ma lo scatto iroso delle gambe era frenato dalla morsa delle scarpe. Mi sentivo male e avevo la sensazione che il sorriso mi fosse stato cucito in faccia. Lei era a un tavolo accanto all'orchestrina e lo puliva con un gesto rabbioso; il suo viso sembrava una fiamma scura. Quando mi guardò, l'odio contenuto nel suo sguardo balzò di scatto fino a me. La lettera di Hackmuth non mi interessava più. Me la ficcai in tasca e chinai la testa. Non era nuovo, questo mio stato d'animo; frugai nella memoria e mi ricordai di averlo provato proprio lì, la prima volta che ci ero venuto. Lei scomparve dietro il tramezzo. Quando tornò vidi che aveva ripreso a muoversi con grazia, e che camminava a passi leggeri e sicuri. Si era tolta le scarpe bianche e si era rimessa le vecchie *huarachas*.

«Mi spiace» disse.

«Lascia stare» risposi. «È stata colpa mia».

«Non volevo offenderti».

«Tu non c'entri. È mia la colpa».

Le guardai i piedi.

«Le tue scarpe bianche sono molto belle. Ti mettono in risalto le gambe».

Mi passò le dita tra i capelli e la sua gioia calda mi si trasmise dentro come un fluido; sentii la gola che mi scottava e una profonda felicità insinuarsi in ogni mia fibra. Sparì nuovamente dietro il tramezzo e, quando riemerse, aveva ai piedi le scarpe bianche. I muscoli della mascella le si contrassero, mentre camminava, ma lei proseguì con coraggio. La guardai lavorare e la sua vista mi tirò su, facendomi galleggiare come olio sull'acqua. Dopo un po' mi chiese se avevo la macchina. Le risposi di no. Allora mi disse che l'aveva lei, era posteggiata nell'area di parcheggio dietro l'angolo. Me la descrisse e decidemmo che l'avrei aspettata lì e che poi saremmo andati insieme alla spiaggia. Mentre stavo per andarmene, il barista alto e pallido mi guardò con appena la traccia di un sogghigno. Lo ignorai e uscii.

La sua auto era una Ford decappottabile del '29 con l'imbottitura che usciva a ciuffi dalle fodere dei sedili, i paraurti ammaccati e niente tetto. Mi sedetti e mi guardai attorno. Sfogliai il libretto di circolazione. Era intestato a Camilla Lombard, non a Camilla Lopez.

Quando arrivò al posteggio era con qualcuno, ma non riuscii a distinguere chi fosse, perché era molto buio, non c'era la luna e nell'aria stagnava un velo di nebbia. Si avvicinarono e mi accorsi che si trattava del barista alto. Me lo presentò; si chiamava Sammy ed era chiaro che non gli interessavo affatto. Lo portammo a casa; da Spring Street scendemmo fino alla Prima e da qui, attraversato il passaggio a livello, proseguimmo per un quartiere abitato da gente di colore dove lo sferragliare della Ford si riverberò all'intorno, traendo echi rugginosi dai caseggiati sudici e dagli stanchi steccati. Ci fermammo in un punto in cui un albero del pepe morente aveva cosparso il terreno di foglie accartocciate e il tizio smontò. Si incamminò verso casa, calpestando le foglie morte che gli crepitarono sotto i piedi.

«Chi è?» domandai.

Nient'altro che un amico, mi rispose; non aveva voglia di parlarne, ma era chiaro che si preoccupava per lui. Il suo viso aveva assunto quell'espressione sollecita che si ha di solito nei confronti di un malato. Ne fui agitato e ingelosito; cominciai a rivolgerle delle domande apparentemente casuali, ma la reticenza delle sue risposte non fece che peggiorare la situazione. Riattraversammo il passaggio a livello e ci inoltrammo nella città bassa. Agli incroci sfrecciava via come un razzo, ignorando gli stop; e se un'altra auto le sbarrava la strada, premeva il clacson a lungo e con decisione, traendone un ululato che si levava come un grido d'aiuto tra i canyon degli edifici. Doveva piacerle molto, quel giochetto, perché lo faceva anche quando non ce n'era bisogno. Le dissi di smetterla, ma non mi ascoltò.

«Sono io che guido» dichiarò.

Arrivammo a Wilshire, dove la velocità minima consentita era di cinquanta chilometri. La Ford non ce la faceva a tenerla, ma lei continuò imperterrita a viaggiare nella corsia centrale, mentre le altre auto le sfrecciavano attorno. Dopo un paio di chilometri si lamentò che le scarpe le facevano male e mi domandò di tenere il volante mentre se le toglieva. Quando lo riprese, alzò una gamba e appoggiò il piede sul bordo della portiera. L'aria gonfiò il vestito, che le sbatté sul viso. Ne raccolse l'ampiezza e se la ficcò sotto il sedere, ma anche così le sue cosce scure restavano scoperte, rivelando le mutandine rosa e suscitando la curiosità generale. Le altre auto ci si accostavano e le teste degli occupanti sbucavano dai finestrini per osservare da vicino la sua gamba nuda e bruna. La cosa la irritò. Cominciò a prendersela con gli automobilisti che ci superavano, gridando che si facessero gli affari loro. Io mi acquattai sul sedile, tentando di fumare una sigaretta che il vento consumava troppo rapidamente.

Finalmente arrivammo all'incrocio tra Western e Wilshire. Era un punto di grande traffico, affollato di gente che entrava e usciva dai locali ancora aperti. Dovette fermarsi perché la strada era ingombra di macchine che attendevano il verde per passare. Si appoggiò allo schienale, impaziente, nervosa, facendo dondolare la gamba. La gente cominciò a girarsi, i clacson presero a suonare allegramente e un'auto sportiva, dietro di noi, fece udire un barrito malizioso e insistente. Lei si voltò con lo sguardo fiammeggiante e rispose agitando il pugno.

Tutti, ormai, ci guardavano sorridendo. Le mollai una gomitata.

«Tirala giù, almeno ai semafori».

«Oh, chiudi il becco!» mi rispose.

Estrassi la lettera di Hackmuth e mi ci rifugiai. Il viale era bene illuminato, tanto da permettermi di leggere, ma la Ford scalciava come un mulo, sobbalzando e riempiendosi di vento. Era orgogliosa di quell'auto.

«Ha un motore fantastico» osservò.

«Dal rumore parrebbe di sì» risposi per compiacerla.

«Dovresti comprartene una anche tu».

Le domandai perché il libretto di circolazione era intestato a Camilla Lombard. Era sposata, per caso?

«No» mi rispose.

«Come mai Lombard, allora?»

«Così, per divertimento. È un nome che uso, a volte, quando lavoro».

Non capivo.

«Ti piace il tuo nome?» mi domandò. «Non preferiresti chiamarti Johnson o Williams o qualcos'altro?»

Le dissi di no, che mi andava bene così.

«Non è possibile» commentò. «Stai mentendo».

«Ti dico di sì!» insistei.

«Frottole!»

Oltrepassata Beverly Hills la nebbia sparì. Le palme ai lati della strada si stagliavano verdi nell'oscurità azzurrina e la linea bianca sull'asfalto filava davanti a noi come una miccia incandescente. Non c'erano stelle in cielo, solo delle nuvole che si rincorrevano. Attraversammo una zona di colline basse. La strada era fiancheggiata da alte siepi, oltre le quali si stendevano i vigneti ben curati, disseminati qua e là da palme selvatiche e cipressi.

Arrivammo in silenzio alle Palisades e imboccammo la strada della scogliera. Un vento freddo soffiava di lato, facendo sbandare l'auto. Sotto di noi ruggiva l'oceano. Dei banchi di nebbia si muovevano dal mare verso terra, come un esercito di fantasmi striscianti sul ventre. Le ondate aggredivano la riva con i loro pugni bianchi, si ritiravano e attaccavano di nuovo. Ogni volta che un'onda si ritraeva, sembrava che la costa si allargasse in un sorriso. Scendemmo in seconda lungo i tornanti, sull'asfalto nero che traspirava lambito da lingue di nebbia. Respirammo a fondo l'aria pulita, senza polvere.

Fermò la macchina su un'interminabile distesa di sabbia bianca. Restammo seduti a guardare il mare. Faceva caldo lì, sotto la scogliera. Mi toccò la mano. «Perché non mi insegni a nuotare?» disse.

«È pericoloso qui» le risposi.

C'era alta marea e le onde si susseguivano veloci. Si formavano a un centinaio di metri dalla riva e poi si precipitavano verso terra, una dietro l'altra. Le guardammo esplodere contro la spiaggia, rombando e scagliando in aria arabeschi di spuma.

«Per imparare a nuotare bisogna che l'acqua sia calma» le dissi.

Scoppiò a ridere e cominciò a svestirsi. La sua pelle era naturalmente bruna. Io, invece, ero bianco e spettrale. Avevo una lieve sporgenza all'altezza dello stomaco; trattenni il respiro per nasconderla. Fissò il mio biancore, mi scrutò i lombi e le gambe, e sorrise. Fui felice quando si avviò verso l'acqua.

La sabbia era soffice e calda. Ci mettemmo seduti di faccia al mare e parlammo di nuoto. Le spiegai i rudimenti. Lei si sdraiò bocconi e prese ad agitare braccia e gambe. La sabbia le schizzava sulla faccia e lei mi imitava senza entusiasmo. Poi si rizzò a sedere.

«Non mi va di imparare a nuotare» disse.

Entrammo in acqua tenendoci per mano, incrostati di sabbia. All'inizio provai un brivido di freddo, poi mi ci abituai. Era la prima volta che facevo un bagno nell'oceano. Presi le onde di petto finché l'acqua non mi coprì le spalle, poi cercai di nuotare. Le onde mi alzavano. Cominciai a tuffarmi sotto i cavalloni, che mi si rovesciavano sopra senza farmi male. Stavo imparando. Quando li vedevo arrivare, mi mettevo sulla cresta ed essi mi trasportavano fino a riva.

Intanto tenevo d'occhio Camilla. Avanzava nell'acqua fino al ginocchio e, quando vedeva arrivare un'onda, si ritirava di corsa. Poi ricominciava, strillando divertita. A un tratto fu colpita da un frangente, lanciò un urlo e scomparve. Un attimo dopo ricomparve, ridendo. Le gridai di fare attenzione, ma lei avanzò traballando verso una cresta bianca, che la sollevò, scaraventandola fuori di vista. La vidi rotolare come un casco di banane. Si rialzò e tornò verso riva con il corpo luccicante e le mani nei capelli. Nuotai finché mi sentii stanco, poi uscii dall'acqua. Avevo gli occhi che mi bruciavano per il sale. Mi buttai sulla sabbia, esausto. Quando mi tornarono le forze, mi tirai su a sedere con una gran voglia di fumare una sigaretta. Camilla era sparita. Andai alla macchina pensando di trovarla lì, ma non c'era. Mi precipitai verso riva e mi misi a scrutare tra i vortici schiumosi. La chiamai.

Allora la sentii gridare. La sua voce veniva da lontano, oltre il punto in cui si formavano i cavalloni, dove i banchi di nebbia nascondevano l'acqua appena mossa. Doveva essere a un centinaio di metri dalla riva. «Aiuto!» gridò di nuovo. Entrai in acqua, affrontando le onde con la spalla, e cominciai a nuotare. Il fragore era tale che non riuscivo più a sentirla. «Sto arrivando!» urlai a più riprese, finché dovetti smettere per non sprecare le forze. Avevo imparato a superare i cavalloni tuffandomi sotto la cresta, ma le ondate più piccole mi confondevano, mi colpivano in faccia, facendomi bere. Finalmente mi ritrovai oltre la barriera dei frangenti, dove l'acqua si rompeva in piccole onde che mi lambivano la bocca. Aveva smesso di gridare. Mi tenni a galla senza nuotare, in attesa di un nuovo grido, ma non udii nulla. Mi misi a urlare. La mia voce era debole, come se provenisse dalle profondità marine.

Improvvisamente mi sentii esausto. Stentavo a stare a galla e cominciai a bere. Mi misi a pregare, gemendo e lottando con l'acqua, anche se sapevo che non avrei dovuto farlo. Qua fuori, il mare era calmo; dalla spiaggia, invece, giungeva il rombo dei cavalloni che si rompevano. Chiamai, attesi, chiamai di nuovo. Non udii nulla, se non lo sciacquìo prodotto dalle mie braccia e il rumore della maretta. Tutt'a un tratto le dita del mio piede destro si bloccarono. Lanciai un calcio e sentii una fitta di dolore saettarmi fin nella coscia. Volevo vivere. Dio, non prendermi proprio adesso! Mi misi a nuotare alla cieca verso riva.

Poi mi ritrovai tra i cavalloni e fui di nuovo assordato dal fragore. Avevo la sensazione che fosse ormai troppo tardi. Non riuscivo più a nuotare, le braccia mi pesavano per la stanchezza e la gamba destra mi doleva terribilmente. Dovevo riuscire a tutti i costi a tenere la testa fuori dall'acqua, ma mi sentivo risucchiare sotto dalle onde che si ritraevano. E così questa era la fine, la fine di Camilla e di Arturo Bandini; eppure, anche in quel momento, era come se stessi scrivendo, come se stessi registrando tutto sulla carta. Davanti agli occhi avevo il foglio dattiloscritto, mentre fluttuavo, sbattuto dalle onde, senza riuscire a raggiungere la costa, sicuro che non ne sarei uscito vivo. Improvvisamente i miei piedi toccarono il fondo, ma ero troppo debole per approfittarne e troppo occupato a cercare di schiarirmi le idee per ricomporre mentalmente la scena, evitando gli eccessi descrittivi. L'ondata successiva mi travolse, gettandomi dove l'acqua era alta solo trenta centimetri, e io mi trascinai a gattoni fuori da quei trenta centimetri, chiedendomi se sarei riuscito a immortalare l'episodio in una poesia. Pensai a Camilla, là in mezzo a quell'inferno, e mi misi a piangere, notando con stupore che le mie lacrime erano più salate del mare. Ma non potevo starmene lì inerte, dovevo cercare aiuto, così mi alzai e mi diressi barcollando verso la macchina. Mi battevano i denti dal freddo.

Mi voltai a guardare l'oceano e finalmente la scorsi, a una ventina di metri di distanza, che avanzava verso riva con l'acqua fino alla vita. Rideva a più non posso, felice di quello che doveva sembrarle uno splendido scherzo ma, quando la vidi tuffarsi sotto un cavallone con l'abilità e la grazia di una foca, non mi divertii per niente. Mi diressi verso di lei, sentendomi tornare le forze a ogni passo, e quando la raggiunsi, la sollevai di peso, alzandola sopra le spalle, senza badare alle sue grida, incurante delle sue unghie che mi graffiavano la testa e mi strappavano i capelli. La sollevai finché non ebbi le braccia tese e poi la scaraventai in una pozza d'acqua non più fonda di mezzo metro. Atterrò con un tonfo che le mozzò il respiro. Mi avvicinai di nuovo, le afferrai i capelli con le mani e le strofinai la faccia nella sabbia bagnata. Poi la lasciai lì, a strisciare sulle mani e sui piedi, e tornai alla macchina. Sapevo che c'erano delle coperte sotto il sedile posteriore. Le tirai fuori, mi ci avvolsi e mi sdraiai sulla sabbia calda.

Poco dopo arrivò, arrancando nella sabbia. Rimase in piedi davanti a me, lucente e gocciolante, girando orgogliosa su se stessa per mostrarmi la sua nudità.

«Ti piaccio ancora?»

Le lanciai un'occhiata. Non riuscivo a parlare, e mi limitai ad annuire, sogghignando. Mise i piedi sulla coperta e mi disse di spostarmi. Le feci posto e lei si infilò sotto. Era liscia e fresca. Mi disse di abbracciarla e io la abbracciai, e lei mi baciò con le labbra umide e fredde. Rimanemmo così a lungo e io ero preoccupato, timoroso, senza desiderio. Una specie di fiore grigio si schiuse tra di noi, un pensiero che, quando prese forma, parlò dell'abisso che ci separava. Ero confuso, ma la sentivo in attesa. Le appoggiai le mani sul ventre e sulle gambe, cercai il mio desiderio, frugai scioccamente in cerca della mia passione, mi sforzai invano di trovarla mentre lei attendeva. Mi rotolai, strappandomi i capelli e implorando che si manifestasse, ma niente, non c'era niente. In testa non avevo altro che la lettera di Hackmuth e l'abbozzo di cose non scritte, ma dentro di me non c'era passione, solo paura, vergogna e umiliazione. Allora cominciai ad accusarmi e a maledirmi, e desiderai di alzarmi e tornarmene in acqua. Lei sentì il mio distacco. Balzò a sedere sogghignando e prese ad asciugarsi i capelli nella coperta.

«Credevo di piacerti» mi disse.

Non riuscii a risponderle. Mi strinsi nelle spalle e mi alzai. Ci rivestimmo e ripartimmo per Los Angeles. Durante il viaggio non ci scambiammo neanche una parola. Si accese una sigaretta e mi guardò in modo strano, imbronciata. Mi soffiò il fumo in faccia. Le tolsi di bocca la sigaretta e la buttai via. Se ne accese un'altra e aspirò languidamente, divertita e sprezzante. Sentii di odiarla.

L'alba si affacciò alle montagne, verso est, e sbarre dorate di luce tagliarono il cielo come fari. Tirai fuori la lettera di Hackmuth e la rilessi. A quest'ora Hackmuth stava entrando nel suo ufficio, là a New York, e in qualche angolo di quell'ufficio c'era il manoscritto di *Le colline perdute*. L'amore non era tutto. Le donne non erano tutto. Uno scrittore doveva conservarsi le energie.

Arrivammo in città. Le dissi dove abitavo.

«Bunker Hill?» commentò. «È il posto giusto per te».

«È perfetto» ribattei. «Nel mio albergo non sono ammessi i messicani».

Ci restammo male entrambi. Fermò la macchina davanti all'albergo e spense il motore. Indugiai un attimo, domandandomi se fosse rimasto qualcos'altro da dire, ma non trovai niente. Smontai, le rivolsi un cenno di saluto e mi avviai verso l'ingresso. Sentii il suo sguardo penetrarmi come una lama tra le scapole. Quando raggiunsi la porta mi chiamò. Tornai indietro.

«Non mi dai nemmeno un bacio?»

La baciai.

«Non così».

Mi circondò il collo con le braccia, poi mi attirò il viso verso di sé e affondò i denti nel mio labbro inferiore. Mi fece male e io mi dibattei finché riuscii a liberarmi. Rimase lì con un braccio appoggiato allo schienale, sorridendo e seguendomi con lo sguardo. Tirai fuori il fazzoletto e mi tamponai il labbro. Lo guardai; era macchiato di sangue. Mi avviai lungo il corridoio buio, fino alla mia stanza. Mentre chiudevo la porta, il desiderio che non avevo provato prima mi assalì, martellandomi nelle tempie e facendomi prudere le dita. Mi gettai sul letto e lacerai il cuscino con le mani.

Dieci

Non feci che pensarci per tutto il giorno. Ero ossessionato dalla sua nudità bruna e dal suo bacio, dal sapore della sua bocca quando era uscita dall'acqua, e poi vedevo me, bianco e verginale, che trattenevo il respiro per far rientrare lo stomaco e mi coprivo i lombi con le mani. Passai ore intere a camminare avanti e indietro nella stanza. Alla fine del pomeriggio ero esausto e la mia immagine riflessa nello specchio mi riuscì intollerabile. Mi sedetti alla macchina da scrivere e riversai sulla carta tutto quello che sarebbe dovuto accadere, pestando sui tasti con tale violenza che la mia piccola portatile prese a spostarsi lateralmente, allontanandosi sempre di più da me. La descrissi come una tigre, che io avevo inchiodato a terra e sopraffatto con la mia forza invincibile. Nel finale, lei mi inseguiva carponi, piangendo e implorando pietà. Mi parve eccellente. Ma quando rilessi quello che avevo scritto rimasi molto deluso: non era che un cumulo di banalità. Strappai il tutto e lo gettai via.

Hellfrick bussò alla porta. Era pallido e tremante, e la sua pelle sembrava carta bagnata. Basta bere, aveva deciso. Non avrebbe più toccato alcol in vita sua. Si sedette sul bordo del letto, tormentandosi le dita nodose. Cominciò a parlare in tono nostalgico della carne, delle belle bistecche che si mangiavano a Kansas City, di costate succose e di tenere costolette d'agnello. No, qui non c'erano; impossibile trovarle in questa terra assolata, dove le mandrie non mangiavano altro che erba secca e sole, dove la carne era piena di vermi e bisognava dipingerla per darle il colore del sangue. Non potevo prestargli cinquanta cent? Gli diedi il denaro e lui si precipitò dal macellaio di Olive Street. Poco dopo tornò in camera e per tutto il piano si diffuse un odorino stuzzicante di fegato con le cipolle. Andai da lui. Era seduto davanti al piatto, con la bocca piena e le mascelle sottili che lavoravano a pieno ritmo. Agitò la forchetta. «Sei fortunato, ragazzo. Te li restituirò centuplicati».

Vedendolo, mi venne fame. Andai a un ristorante dalle parti di Angel's Flight e ordinai la stessa cosa. Pranzai con calma ma, nonostante cercassi di tirare in lungo, sapevo che alla fine del pasto sarei sceso fino al Columbia Buffet. Bastava che mi toccassi il labbro gonfio per sentirmi invadere dalla collera e dalla passione.

Quando ci arrivai davanti, ebbi paura a entrare. Attraversai la strada e la spiai dai vetri. Non aveva più le scarpe bianche, ma per il resto sembrava la stessa; come al solito, girava per il locale con aria allegra, portando su una mano il vassoio delle birre.

Mi venne un'idea. Mi diressi a passo rapido all'ufficio telegrafico, che distava solo due isolati e mi sedetti a un tavolo con il cuore che mi martellava. Le parole si contorcevano sul foglio. CAMILLA TI AMO VOGLIO SPOSARTI ARTURO BANDINI. Quando pagai, l'impiegato mi disse che l'avrebbero recapitato subito. Tornai di corsa al mio posto d'osservazione, in attesa che arrivasse il postino.

Quando lo vidi svoltare l'angolo, capii di aver commesso un errore. Gli corsi incontro e lo fermai. Ero stato io a mandare quel telegramma, gli dissi, ma ora avevo cambiato idea. «Ho sbagliato» confessai, ma non mi ascoltò. Era alto e aveva la faccia segnata dall'acne. Gli offrii dieci dollari. Scosse il capo e sorrise con aria enfatica. Salii a venti dollari, poi a trenta.

«Nemmeno per dieci milioni» mi disse.

Tornai nella mia penombra e rimasi a guardarlo mentre consegnava il telegramma. Lei lo guardò stupita. Vidi che indicava se stessa con espressione incredula. Anche dopo aver firmato la ricevuta rimase lì, con il foglietto in mano e con lo sguardo fisso sull'uomo che si allontanava. Quando lo spiegò, chiusi gli occhi. Li riaprii giusto in tempo per vederla che lo leggeva e poi scoppiava a ridere. Si avvicinò al bar e porse il foglio al barista dal viso terreo, quello che avevamo accompagnato a casa la sera prima. Questi lo lesse con indifferenza, poi lo passò al suo collega. Nemmeno lui parve molto impressionato. Mi sentii profondamente grato a entrambi. Poi Camilla lo rilesse e io cominciavo già a provare un certo sollievo quando lei si avvicinò a un tavolo dove un gruppo di uomini era riunito a bere. Mi sentii svenire. Il suono delle loro risate fluttuò fino a me. Rabbrividii e mi allontanai rapidamente.

Giunto all'altezza della Sesta, svoltai l'angolo e mi incamminai lungo la Main. Vagabondai alla cieca, mescolandomi alla folla di barboni affamati. Nella Seconda, mi fermai davanti a una sala da ballo. Le locandine appese al muro parlavano di quaranta belle ragazze filippine e della musica di sogno di Lonny Killula e dei suoi Melodie

Hawaiians. Mi arrampicai su per una rampa di scale scricchiolante fino al botteghino e comprai il biglietto. All'interno c'erano le quaranta ragazze, allineate contro la parete opposta, vestite di abiti da sera attillati e in gran parte bionde. Non c'era nessuno sulla pista, neanche un'anima. Sulla piattaforma, i cinque elementi di cui era composta l'orchestra suonavano con accanimento. I pochi clienti, tra cui io, se ne stavano dietro un parapetto di vimini, proprio di fronte alle ragazze. Queste cominciarono ad ammiccare. Le esaminai, trovai una bionda con un vestito che mi piaceva e comprai qualche biglietto. Poi le feci cenno. Mi cadde tra le braccia come una vecchia amante e pesticciammo l'impiantito per un paio di balli.

La donna mi parlava in modo suadente, chiamandomi tesoro, ma io pensavo solo all'altra, che se ne stava a un paio di strade da lì, e a me, che mi ero sdraiato con lei sulla sabbia, comportandomi come un idiota. Era inutile che mi sforzassi. Diedi alla bionda appiccicosa tutti i miei biglietti, attraversai la sala e uscii. Provavo uno strano senso d'attesa e, quando mi accorsi che guardavo tutti gli orologi, ne intuii la ragione. Stavo aspettando che venissero le undici, l'ora di chiusura del Columbia Buffet.

Ci arrivai alle undici meno un quarto. Entrai direttamente nel parcheggio e mi diressi verso la sua macchina. Mi sedetti su uno dei sedili sventrati e attesi. In un angolo c'era una baracca che serviva da ufficio al custode e, sopra la baracca, un orologio luminoso. Mi misi a osservarlo, seguendo la lancetta dei minuti che correva verso le undici. A un tratto fui assalito dalla paura di rivederla e, mentre mi agitavo, inquieto, sul sedile, la mia mano toccò qualcosa di morbido. Era un suo berretto, un piccolo basco nero con un pompon in cima. Lo tastai con le dita e lo annusai. Odorava di lei. Era quello che volevo. Me lo ficcai in tasca e mi allontanai. Salii per i gradini di Angel's Flight fino al mio albergo. Quando arrivai in camera lo tirai fuori e lo gettai sul letto. Mi spogliai, spensi la luce e lo presi tra le braccia.

Un altro giorno, il giorno della poesia! Scrivile una poesia, àprile il tuo cuore in dolci cadenze; ma non sapevo scrivere poesie. Per me amore faceva rima con dolore e i miei versi si rincorrevano zoppicando. Oh Dio del cielo, che razza di scrittore! Non riesco nemmeno a mettere assieme una quartina, sono un essere insulso. Andai alla finestra e levai le braccia al cielo: non valgo niente, sono una mezza calza. Né scrittore né amante, né carne né pesce.

Ma cosa importava?

Mangiai qualcosa e mi recai alla chiesa cattolica costruita ai limiti di Bunker Hill. Dietro al piccolo edificio in legno c'era la canonica. Suonai il campanello. Venne ad aprirmi una donna che indossava un'uniforme da infermiera. Aveva le mani imbrattate di farina e di avanzi di pasta.

«Voglio vedere il parroco» le dissi.

La donna aveva la mascella quadrata e gli occhi grigi, penetranti e ostili. «Padre Abbot è occupato» mi rispose. «Cosa vuole?»

«Devo vederlo».

«Le ho detto che non si può».

In quel momento il prete si fece sulla soglia. Era un uomo massiccio e vigoroso, sulla cinquantina, e stava fumando un sigaro. «Cosa c'è?» mi domandò.

Gli dissi che volevo vederlo da solo, perché avevo un problema che mi tormentava. La donna tirò su col naso in segno di disprezzo e sparì lungo il corridoio. Il prete aprì la porta e mi condusse nel suo studio. Era una stanzetta straripante di libri e di riviste. Strabuzzai gli occhi. In un angolo c'era un'intera raccolta della rivista di Hackmuth. Mi avvicinai ed estrassi dalla pila il numero che conteneva *Il cagnolino rise*. Frattanto il prete si era seduto. «È fantastica questa rivista» gli dissi. «La migliore di tutte».

Il prete accavallò le gambe e si passò il sigaro da una mano all'altra.

«È marcia» obiettò. «Come le altre».

«Non sono d'accordo» replicai. «Sa, sono uno dei suoi principali collaboratori».

«Ah, sì? E cos'ha scritto?»

Aprii la rivista alla pagina del mio racconto e gliela misi davanti. Lui le lanciò un'occhiata e la spinse da parte. «L'ho letto» mi comunicò. «La solita sbrodolata. E quell'accenno al Santissimo Sacramento è assolutamente vergognoso».

Si appoggiò allo schienale, facendomi capire che non gli ero per niente simpatico. Mi fissava in mezzo alla fronte con espressione seccata, spostando il sigaro da un angolo all'altro della bocca.

«E allora» mi disse. «Cosa la affligge?»

Rimasi in piedi. A modo suo mi aveva fatto capire che avrei fatto meglio a non toccare niente, lì dentro. «È per via di una ragazza» spiegai.

«Cosa le ha combinato?»

«Niente» gli dissi. Ma non riuscii ad aggiungere altro.

Mi aveva tolto ogni coraggio. Una sbrodolata! Tutte quelle sfumature, quello splendido dialogo, quei tocchi di lirismo... secondo lui erano una sbrodolata. Meglio non sentire più niente e andarmene lontano, in totale solitudine. Una sbrodolata!

«Ho cambiato idea» gli dissi. «Preferisco non parlarne più».

Si alzò e si avviò verso la porta.

«Benissimo. Buongiorno».

Uscii nel sole accecante. Era il più bel racconto della letteratura americana e quel prete, quell'individuo, l'aveva definito una sbrodolata. Forse il particolare del Santissimo Sacramento non era proprio vero, forse quello che descrivevo non era accaduto nella realtà. Ma l'analisi psicologica, la prosa, la perfezione dell'intreccio dove le metteva?

Appena entrato in camera mi sedetti alla macchina da scrivere e architettai la mia vendetta. Avrei scritto un articolo, un attacco spietato alla Chiesa e alla sua stupidità. Cominciai col titolo: *La Chiesa cattolica è condannata*. Pestai furiosamente sui tasti, riempiendo un foglio dopo l'altro, finché ne ebbi completati sei. Poi mi fermai a rileggerli. Era robaccia e faceva ridere. Stracciai il tutto e mi gettai sul letto. Non avevo ancora scritto la poesia a Camilla. Mentre me ne stavo lì sdraiato, arrivò l'ispirazione. Affiorò dagli anfratti della memoria e io scrissi:

I have forgot much, Camilla, gone with wind,
Flung roses, roses riotously with the throng,
Dancing, to put thy pale, lost lilies out of mind;
But I was desolate and sick with an old passion,

Yes, all the time, because the dance was long;
*I have been faithful to thee, Camilla, in my fashion.**

Arturo Bandini

La mandai per telegramma, orgoglioso di quanto avevo fatto, e rimasi a guardare l'impiegato mentre la leggeva, una bella poesia, la mia poesia, un frammento di immortalità da Arturo a Camilla. Pagai e tornai al mio solito posto, nell'androne buio, dove mi misi in attesa. Lo stesso postino del giorno prima arrivò a cavalcioni della sua bicicletta. Lo vidi recapitarla, vidi Camilla leggerla in mezzo al locale, la vidi scrollare le spalle e strappare il foglio in minuti pezzetti e vidi questi cadere volteggiando nella segatura che ricopriva il pavimento. Scossi il capo e mi allontanai. Nemmeno i versi di Ernest Dowson avevano avuto effetto su di lei. Nemmeno Dowson ci era riuscito.

Ah basta, vai pure al diavolo, Camilla. Posso anche dimenticarti. Non mi mancano i soldi e queste strade traboccano di cose che tu non sai darmi. Riparto verso Main Street e la Quinta, verso i bar lunghi e bui, verso il King Edward e una ragazza con i capelli gialli e il sorriso malato. Si chiamava Jean, era emaciata e tubercolotica, ma aveva una sua grinta ed era ansiosa di prendersi i miei soldi; la bocca languida cerca le mie labbra, le lunghe dita esplorano i pantaloni, i suoi begli occhi sofferenti non perdono di vista i miei dollari.

«Così ti chiami Jean» le dissi. «Bene, bene. È un bel

* Molto ho scordato, Camilla, sulle ali del vento, / E ho gettato rose, rose in tumulto tra la folla, / Danzando, per scacciare dalla mente i tuoi pallidi gigli perduti, / Ma ero svuotato e triste per l'antica passione, / Sì, di continuo, perché la danza era lunga; / Ti sono stato fedele, Camilla, a modo mio.

nome». Balliamo, Jean, andiamo a ritmo, e tu non lo sai, bellezza vestita di azzurro, che stai ballando con uno sbandato, un emarginato dal consesso umano, né carne né pesce né niente. Bevemmo e ballammo e tornammo a bere. Brav'uomo, questo Bandini, e così Jean chiamò il padrone. «Il signor Bandini, il signor Schwartz». Molto piacere e una stretta di mano. «Niente male il suo locale, Schwartz. E anche le ragazze non sono male».

Uno, due, tre drink. E tu cosa bevi, Jean? Assaggiai quella broda scura che dall'aspetto sembrava whisky e avrebbe dovuto esserlo; che smorfia fece, contorcendo il visetto. Ma non era whisky, era tè, semplice tè, a quaranta cent il sorso. Jean, piccola bugiarda, che cerchi di imbrogliare un grande scrittore. Ma non mi imbrogli, Jean. Non si imbroglia Bandini, che ama di pari amore sia gli uomini che gli animali. Prendi questi, sono cinque dollari, mettili via, non bere, Jean, ma stai lì seduta, ferma, e lascia che i miei occhi ti esplorino il viso perché hai i capelli biondi e non scuri, tu non sei come lei, tu sei malata e vieni dal Texas, e hai una madre inferma da mantenere, e non fai molti soldi, solo venti cent a bicchiere. Questa sera ti sei fatta dieci dollari con Arturo Bandini, povera piccola, creaturina affamata con gli occhi innocenti e l'animo di una ladra. Tornatene dai tuoi marinai, dolcezza. Non avranno i dieci dollari, ma hanno quello che non ho io, Bandini, né carne né pesce né niente. Buonanotte, Jean, buonanotte.

Ricordo un altro luogo e un'altra ragazza. Oh, com'era bella, quella creatura del lontano Minnesota. Ed era anche di buona famiglia. Sicuro, tesoro. Riversa pure nelle mie stanche orecchie tutta la storia della tua buona famiglia.

Eravate molto ricchi, quando arrivò la Depressione. Ah, che storia triste, una vera tragedia. E adesso lavori qui, in questo buco della Quinta Strada e ti chiami Evelyn, povera Evelyn, e anche i tuoi si sono trasferiti qui, e hai una sorellina che è una delizia, non come le solite barbone che girano in questi posti, un angelo di ragazza, e mi chiedi se voglio conoscerla. Perché no? Così andò a prenderla. La piccola, innocente Evelyn attraversò il locale e strappò Vivian, la sorellina, dalle braccia di quegli orribili marinai, portandola al mio tavolo. Salve Vivian, sono Arturo. Salve Arturo, sono Vivian. Ma cosa è successo alla tua bocca, Vivian? Chi te l'ha scavata con un coltello? E come mai quegli occhi iniettati di sangue? E l'alito che puzza di foglia? Povere creature, spintesi fin lì dal glorioso Minnesota. Oh, no, non sono di origine svedese, cosa me l'ha fatto pensare? Sì, di cognome si chiamano Mortensen, ma non sono svedesi, sono americane da molte generazioni. Ma sicuro, tutta roba nostrana.

Sai una cosa — è Evelyn che parla — la povera Vivian lavora qui da quasi sei mesi e nessuno di questi bastardi le ha mai ordinato una bottiglia di champagne. Ma ecco, arrivo io, Bandini, che sembro tanto perbene, e non è carina Vivian, non è un peccato, lei così innocente, e non sarei così gentile da ordinarle una bottiglia di champagne? Cara piccola Vivian, venuta fin qui dai pascoli verdi del Minnesota; non sei svedese e nemmeno vergine, hai avuto qualche uomo di troppo per esserlo. Chi potrebbe resistere a un simile tributo? Si porti lo champagne, champagne a buon mercato, la bottiglia piccola, ma basterà per tutti. Sono otto dollari. Ehi, non è straordinario quanto costano poco gli alcolici qui dentro? Pensate, laggiù a

Duluth lo champagne lo mettevano dodici dollari la bottiglia.

Ah, Evelyn e Vivian, vi amo entrambe, vi amo per le vostre vite tristi, per la vuota malinconia del vostro ritorno a casa, all'alba. Anche voi siete sole, ma non siete come Arturo Bandini, che non è né carne né pesce né niente. E allora bevete, perché vi amo; sì, anche te, Vivian, anche se la tua bocca sembra uno squarcio prodotto da unghie affilate e i tuoi occhi di bambina vecchia sono oppressi da una ragnatela di versi senza senso, scritti col sangue.

Undici

Stavo spendendo troppo. Vacci piano, Arturo; hai dimenticato le arance. Contai ciò che mi era rimasto; venti dollari e qualche cent. Mi spaventai. Mi frugai nella memoria, elencando tutte le mie spese, nel tentativo di far quadrare i conti. Venti dollari... impossibile! Ero stato derubato, avevo nascosto i soldi e ora non riuscivo più a trovarli, doveva esserci un errore da qualche parte. Perlustrai ogni angolo, svuotai tasche e cassetti senza risultato, e poi mi spaventai, mi preoccupai, decisi di rimettermi a lavorare, di scrivere qualcos'altro in tutta fretta, così in fretta che sarebbe stato per forza buono. Mi sedetti alla macchina da scrivere e dentro di me si fece il vuoto, un vuoto terribile. Mi percossi la testa con i pugni, mi infilai un cuscino sotto il sedere ed emisi piccoli gemiti di dolore. Tutto inutile. Dovevo vederla, in un modo o nell'altro.

La aspettai nel parcheggio. Alle undici la vidi svoltare l'angolo assieme a Sammy, il barista. Entrambi mi notarono, da lontano, e lei abbassò la voce. «Salve» mi disse Sammy quando giunsero accanto alla macchina, ma lei mi chiese: «Cosa vuoi?»

«Volevo vederti» risposi.

«Stasera non posso».

«Facciamo tra un po'».

«Non posso. Ho da fare».

«Non esagerare. Ce l'avrai bene un minuto per me».

Aprì la portiera per farmi uscire ma io non mi mossi. Allora disse: «Scendi, per piacere».

«Non ci penso nemmeno».

Sammy sorrise. Il viso di lei si infiammò.

«Accidenti, scendi!»

«Non mi muovo».

«Lascia perdere, Camilla» le disse Sammy.

Lei mi afferrò per il golf e mi diede degli strattoni per cercare di farmi uscire dalla vettura. «Perché fai così?» mi domandò. «Non capisci che non voglio avere più niente a che fare con te?»

«Io resto qui» insistetti.

«Idiota!» esclamò.

Sammy si era avviato verso la strada. Lei lo raggiunse e si allontanarono insieme, lasciandomi lì da solo, con un sorriso ebete stampato in faccia, inorridito da quanto avevo fatto. Quando furono scomparsi, mi alzai e risalii le scale del Flight, diretto al mio albergo. Non riuscivo a capire perché mi ero comportato così. Mi sedetti sul letto e cercai di non pensarci più.

Poi udii bussare alla porta. Non feci in tempo a dire: "Avanti", che la porta si aprì e una donna comparve sulla soglia, dove rimase a guardarmi con uno strano sorriso. Non era alta e non era bella, ma mi parve attraente, con quell'aria matura e i vivaci occhi neri. Questi avevano quel luccichìo un po' vitreo che rivela un eccesso di bourbon, ma erano luminosi e molto arroganti. Rimase lì, sulla soglia, ferma e silenziosa. Era vestita con intelligenza: un soprabito nero con il collo di pelliccia, scarpe nere, gonna nera, camicia bianca e una borsettina.

«Salve» le dissi.

«Cosa fa?» mi domandò.

«Niente. Me ne sto qui seduto».

Avevo paura. La presenza di quella donna mi paralizzava; forse era colpa del suo arrivo inatteso, o forse della mia infelicità, ma la sua vicinanza e la luce un po' folle dei suoi occhi mi mettevano voglia di alzarmi e di pestarla, tanto che dovetti controllarmi per non farlo. L'impulso durò solo un attimo e poi sparì. Finalmente entrò, senza togliermi di dosso il suo sguardo arrogante, e io dovetti voltare la faccia verso la finestra, non tanto per la sua impertinenza quanto per la strana aggressività che mi aveva assalito prima. Nella stanza si diffuse una scia di profumo, di quello stesso profumo che fluttua nelle hall degli alberghi di lusso, e ciò mi rese ancora più inquieto e nervoso.

Quando mi si avvicinò non mi alzai; rimasi seduto, trassi un lungo respiro e la guardai di nuovo in faccia. Aveva il naso piuttosto largo e le labbra carnose, senza rossetto, ma furono i suoi occhi a colpirmi: brillanti, animaleschi, in continuo movimento. Si avvicinò alla scrivania e strappò il foglio dal carrello della macchina da scrivere. Non capivo cosa stesse succedendo. Continuai a tacere, ma sentii l'odore di alcol del suo fiato e quello inconfondibile che accompagna la decomposizione, dolciastro e appiccicoso, l'odore della vecchiaia, di quella vecchiaia a cui lei si stava avviando.

Lanciò un'occhiata al foglio, ma ciò che avevo scritto la irritò; se lo buttò dietro le spalle e quello cadde zigzagando al suolo.

«Che robaccia» disse. «Lei non sa scrivere. Non sa nemmeno da dove si comincia».

«Molte grazie» risposi.

Le chiesi cosa voleva, ma non mi pareva il tipo da gradire troppe domande. Saltai giù dal letto e le offrii l'unica sedia della stanza. Rifiutò, facendo scorrere lo sguardo da me alla sedia con aria pensierosa e con un sorriso con cui intendeva comunicarmi quanto le fosse indifferente il fatto di sedersi. Si mise a gironzolare per la stanza fermandosi a leggere le scritte che avevo appiccicato al muro. Erano brevi brani, tratti da Mencken, Emerson e Whitman. Reagì sogghignando. Puah! Fece dei gesti con le dita, arricciando le labbra. Si sedette sul letto, si scostò il soprabito lasciandolo ricadere sugli avambracci, poi, mettendosi le mani sui fianchi, mi guardò con profondo disprezzo.

In tono lento e drammatico cominciò a declamare:

What should I be but a prophet and a liar;
Whose mother was a leprechuan, whose father as a friar?
Teethed on a crucifix and cradled under water,
*What should I be but the fiend's god-daughter?**

Era Edna Millay, la riconobbi subito, ma quello non era che l'inizio. La donna conosceva la Millay più della Millay stessa e quando finalmente terminò di recitare, alzò il viso a guardarmi e disse: «Questa sì che è letteratura. Lei non sa niente di letteratura. Lei è uno sciocco!» Io mi ero perso nello spirito dei versi e, sentendomi aggredire così bruscamente, mi sentii smarrito.

* Che posso essere se non indovina e mentitrice / Io, che ho avuto per madre un folletto e per padre un frate? / Il mio giocattolo è stato un crocifisso e la mia culla il fondo del mare, / Che posso essere se non la figlioccia del diavolo?

Cercai di risponderle ma lei mi interruppe e riprese a parlare in tono enfatico, con voce tragica e fonda, della stupidità della mia situazione, dell'assurdità del fatto che uno scrittoruncolo senza speranza come me se ne stesse sepolto in un albergo di infimo ordine a Los Angeles, California, con tanti posti che c'erano al mondo, a scrivere banalità che nessuno avrebbe mai letto.

Si distese sul letto, intrecciò le dita dietro la testa e continuò a parlare in tono sognante, rivolta al soffitto. «Questa sera farai l'amore con me, povero sciocco. Sì, questa notte mi amerai».

«E questo da dove l'hai preso?» le dissi.

Sorrise.

«Cosa importa? Tu non sei nessuno e io avrei potuto essere qualcuno, ma la nostra strada è l'amore».

Il suo profumo intenso aveva impregnato la stanza, che ora sembrava più sua che mia. Mi sentivo un estraneo lì dentro. Pensai che avremmo fatto meglio a uscire perché lei potesse prendere un po' d'aria. Le proposi di fare un giro attorno all'isolato.

Si rizzò a sedere di scatto. «Ehi! Ho un sacco di soldi. Ce ne andremo da qualche parte a bere».

«Sicuro!» le dissi. «È un'ottima idea».

Mi infilai il maglione, poi mi girai e me la trovai accanto. Mi sfiorò la bocca con le dita. Quel misterioso odore dolciastro era così forte che mi avviai verso la porta. Gliela tenni aperta perché passasse.

Salimmo le scale e attraversammo la hall. Per fortuna la padrona era già andata a dormire; era del tutto insensato, ma non volevo che la signora Hargraves mi vedesse con quella donna. Le dissi di camminare in punta di piedi e lei obbedì; sembrava che si divertisse molto, come se quella che le era capitata fosse una grande avventura. Doveva sentirsi eccitata perché accentuò la stretta attorno al mio braccio. Scendendo da Bunker Hill, ci lasciammo alle spalle la nebbia. Le strade erano deserte e il ticchettìo dei suoi tacchi sul marciapiede trasse echi sordi dai vecchi edifici. Mi tirò per il braccio e io mi chinai per sentire cosa voleva.

«Vedrai, sarà bellissimo» mi sussurrò.

«Non pensiamoci adesso. Camminiamo».

Insisté perché andassimo a bere. Aprì la borsa e agitò un biglietto da dieci dollari. «Ehi, guarda! Ne ho tanti come questo!»

Entrammo da Solomon, dove mi misi a giocare a flipper. Nel locale c'era solo il padrone, che se ne stava seduto col mento tra le mani, immerso nei suoi pensieri. Ci dirigemmo a un séparé da cui si vedeva la strada e io attesi che si sedesse, ma lei insisté perché entrassi io per primo. Arrivò Solomon a prendere le ordinazioni.

«Per me whisky» disse lei. «Whisky in quantità!»

Solomon aggrottò la fronte.

«Per me una birra piccola» ordinai.

Solomon la scrutò con aria inquisitrice, increspando la testa calva. Sentivo tra loro una certa affinità e capii che anche lei era ebrea. Quando Solomon se ne andò a prenderci da bere, lei rimase lì zitta, con gli occhi fiammeggianti e le mani intrecciate sul tavolo, a torcersi le dita. Mi misi a escogitare un sistema per squagliarmela.

«Un po' di whisky ti farà bene» le dissi.

Prima che potessi fermarla, mi prese il collo tra le mani, senza violenza, toccandomi appena con le dita corte dalle unghie lunghe e cominciò a parlare della mia bocca, la mia bocca meravigliosa. Oh, Dio, che splendida bocca avevo.

«Baciami!» disse.

«Certo» risposi. «Ma prima beviamo».

Digrignò i denti.

«Allora anche tu lo sai!» mi disse. «Sei come tutti gli altri. Sai che ho delle cicatrici ed è per questo che non vuoi baciarmi. Provi disgusto per me, ecco la verità».

È pazza, pensai, devo andarmene alla svelta. Lei mi baciò e la sua bocca sapeva di salsiccia di fegato e pane nero. Si appoggiò allo schienale con un sospiro di sollievo. Tirai fuori il fazzoletto e mi asciugai il sudore della fronte. Solomon ritornò con i drink. Mi frugai in tasca in cerca dei soldi, ma lei mi precedette. Mentre Solomon si allontanava per prendere il resto, io lo richiamai e gli porsi l'importo esatto. Lei protestò vivacemente, battendo i piedi. Solomon allargò le braccia in segno d'impotenza e si tenne i soldi che gli aveva dato. Quando si voltò per andarsene io le dissi: «Signora, la festa è tutta tua. Io ho da fare». Lei mi si aggrappò, tirandomi giù, e ci mettemmo a lottare finché non fui colpito dall'assurdità della situazione. Avrei trovato un altro modo per svignarmela.

Quando Solomon portò il resto, presi un nichelino e le dissi che volevo fare un'altra partita a flipper. Mi lasciò passare senza una parola e rimase a osservarmi come se fossi stato un cane di razza, mentre Solomon la guardava come se fosse stata una delinquente. Vinsi e lo chiamai per controllare il punteggio.

«Chi è quella donna, Solomon?» gli sussurrai.

Non lo sapeva. Era già stata lì all'inizio della serata e

aveva bevuto un sacco. Gli dissi che volevo squagliarmela dalla porta di dietro. «È quella sulla destra» mi indicò.

Lei finì il suo whisky e batté il bicchiere vuoto sul tavolo. Mi avvicinai, mandai giù un sorso di birra e le dissi di scusarmi un istante, indicando con il pollice la porta della toilette. Mi batté un colpetto sul braccio. Mentre stavo per uscire, incontrai gli occhi di Solomon. Mi ritrovai nel retrobottega e da lì sbucai direttamente nel vicolo. Sentii la nebbia che mi avvolgeva, premendomi il viso, e tirai un respiro di sollievo. Avrei voluto essere il più lontano possibile. Non avevo fame, ma percorsi più di un chilometro per raggiungere un chiosco dove vendevano panini, sull'Ottava, e ordinai un caffè, tanto per ingannare il tempo. Sapevo che, quando si fosse accorta che me n'ero andato, mi avrebbe cercato in albergo. Qualcosa mi diceva che era pazza; forse aveva soltanto bevuto troppo, ma non importava, non volevo rivederla mai più.

Tornai che erano le due del mattino. La camera era ancora impregnata della presenza della donna e di quel suo misterioso odore di vecchiaia. La sentii estranea; per la prima volta la sua splendida solitudine era stata violata e i suoi segreti saccheggiati. Spalancai le due finestre e osservai la nebbia insinuarsi all'interno in malinconiche folate. Quando cominciai a sentire freddo, richiusi. Eppure, nonostante l'umidità avesse invaso la stanza, depositandosi in un velo sulla carta e sui libri, il profumo era rimasto, inconfondibile. Tirai fuori il berretto di Camilla da sotto il cuscino, ma anch'esso era stato contaminato dall'odore: quando me lo portai alla bocca, mi parve di baciare i capelli neri della donna. Mi sedetti alla macchina da scrivere, giocherellando con i tasti.

Avevo appena cominciato a scrivere che udii dei passi nel corridoio e capii che stava tornando. Mi precipitai a spegnere la luce, ma era ormai troppo tardi; doveva averla vista filtrare sotto la porta. Quando bussò, non risposi. Bussò di nuovo, ma io rimasi seduto a fumare. Allora cominciò a tempestare la porta di pugni e minacciò di prenderla a calci e di non smettere per tutta la notte se non le avessi aperto. Mollò il primo calcio che echeggiò come un'esplosione nell'edificio cadente; mi alzai di scatto e le aprii.

«Caro!» esclamò, tendendomi le braccia.

«Accidenti!» le dissi. «Adesso esageri. Non capisci che mi hai stufato?»

«Perché mi hai lasciata?» mi domandò. «Come hai potuto farmi una cosa simile?»

«Avevo un altro impegno».

«Oh, tesoro» mi disse. «Non dovresti mentirmi».

«Sciocchezze».

Si avvicinò alla macchina da scrivere e, come l'altra volta, strappò il foglio. Sopra non c'era che qualche frase, il mio nome ripetuto più volte e dei versi isolati. Questa volta il suo viso si illuminò.

«È splendido!» esclamò. «Sei un genio! Il mio tesoro è pieno di talento!»

«Ho molto da fare» risposi. «Ti spiacerebbe andartene?»

Sembrava che non mi avesse sentito. Si sedette sul letto, si slacciò la giacca e fece dondolare i piedi. «Ti amo» disse. «Sei il mio tesoro e farai l'amore con me».

«Un'altra volta» le dissi. «Adesso sono stanco».

Mi arrivò una zaffata di quel suo odore di saccarina.

«Non sto scherzando» le dissi. «Penso che faresti

meglio ad andartene. Vorrei evitare di doverti sbattere fuori».

«Sono così sola» mi confidò.

Diceva sul serio. Assieme alle sue parole, sgorgò da lei un fiotto di sofferenza, un groviglio buio, che mi fece vergognare della mia durezza.

«D'accordo» le dissi. «Chiacchieriamo pure un po'».

Presi la sedia e mi sedetti a cavalcioni, con il mento appoggiato allo schienale, mentre lei si accovacciava sul letto. Era meno ubriaca di quel che pensassi. C'era qualcosa che non andava in lei, ma non era l'alcol, e io volevo scoprire di cosa si trattava.

Si mise a parlare con aria allucinata. Mi disse il suo nome; si chiamava Vera. Faceva la governante in una famiglia di ricchi ebrei di Long Beach, ma era stanca del suo lavoro. Era scappata dalla Pennsylvania perché il marito l'aveva tradita. Quel giorno era venuta in gita a Los Angeles e mi aveva visto in un ristorante, all'angolo tra Olive Street e la Seconda. Mi aveva seguito fino al mio albergo perché i miei occhi "le avevano trafitto l'anima". Ma io non mi ricordavo di lei, anzi, ero sicuro di non averla mai vista in vita mia. Dopo aver scoperto dove abitavo, era tornata da Solomon e si era ubriacata. Aveva continuato a bere per tutto il giorno, ma solo per trovare il coraggio di venire in camera mia.

«So che provi ripugnanza per me» mi disse. «Sai delle mie cicatrici e dell'orrore che porto addosso, nascosto sotto i vestiti. Ma devi cercare di non pensare alla bruttezza del mio corpo, perché il mio cuore è buono. Davvero, sono buona, e non merito il tuo disgusto».

Rimasi senza parole.

«Perdona il mio corpo!» esclamò. Poi mi abbracciò, con le guance inondate di lacrime. «Pensa alla mia anima» disse. «È così bella, la mia anima, e può darti tanto!»

Ora piangeva istericamente, bocconi sul letto, con le mani tra i capelli e io non sapevo cosa fare e non capivo di cosa stesse parlando. Ah, cara signora, non piangere così, non devi piangere, ti prego; le presi la mano calda e le dissi che parlava in modo insensato, era mania di persecuzione, la sua, ed era per questo che diceva tante sciocchezze, ma adesso doveva smetterla.

Cercavo di convincerla con voce implorante, accompagnando le parole con i gesti.

«Sei una donna molto bella e il tuo corpo è splendido. Non è che un'ossessione la tua, una fobia infantile, una forma di paranoia. Non preoccuparti e smettila di piangere, vedrai che passerà, ne sono certo».

Ma la mia goffaggine acuiva la sua sofferenza, perché lei era sprofondata in un inferno tutto suo, così lontano da me, che il suono della mia voce non faceva che accentuare la distanza. Allora cominciai a parlarle d'altro e, per cercare di divertirla, le raccontai le mie ossessioni. Ehi, signora, anche Arturo Bandini ha qualche problemino. Trassi da sotto il cuscino il berretto di Camilla con il suo piccolo pompon.

«Guarda, signora, anch'io sono nei guai. Sai cosa faccio, signora? Mi porto questo cappellino a letto, lo stringo forte e poi dico: Oh, come ti amo, bella principessa!» Non ero un angelo, continuai, avevo la mente contorta; non sentirti triste, signora, perché sei in buona compagnia. Ecco qui Arturo Bandini che ha un mucchio di cose da raccontare. Senti un po' questa: sai cos'ho fatto una sera? Arturo, confessa tutto. Sai che cosa tremenda ho fatto? Una sera una donna troppo bella per questo mondo arrivò su ali di profumo, la sua bellezza era intollerabile, e io non seppi mai chi era. Portava una pelliccia di volpe rossa e un allegro cappellino e Bandini la seguì perché superava qualsiasi sogno; la vide entrare nel ristorante di Bernstein, dove servono le specialità di pesce, rimase a osservarla abbagliato attraverso i vetri, mentre nuotava tra rane e trote, e la guardò mangiare tutta sola. E sai cosa feci, signora, quando finì? Su, smettila di piangere, questo non è che l'inizio. Credimi, sono un disastro e il mio cuore è nero come la pece. Insomma, entrai a mia volta da Bernstein e mi sedetti sulla stessa sedia su cui si era seduta lei, tremante di gioia, e sfiorai con le dita lo stesso tovagliolo che aveva usato. Poi notai un mozzicone di sigaretta macchiato di rossetto e sai cosa feci, signora? Da' ascolto, le tue non sono che fisime. Be', mi mangiai il mozzicone, lo masticai per bene, carta e tutto, e lo inghiottii. Mi sembrò ottimo, perché lei era così bella. Non è finita, accanto al piatto c'era un cucchiaino e io me lo infilai in tasca; di tanto in tanto lo tiravo fuori e lo leccavo, perché lei era così bella. Amore in economia, un'eroina gratis che nuota con rane e trote, immagine fermata attraverso i vetri dalla mente contorta di Arturo Bandini. Non piangere, signora, tieni per lui le tue lacrime, perché anche lui ha dei problemi e sono problemi grossi. Questo non è che l'inizio, ma potrei anche raccontarti la storia di una sera passata sulla spiaggia con una principessa bruna, parlarti della sua carne senza significato, dei suoi baci come fiori di cera, privi di profumo, nel giardino della mia passione.

Ma lei non mi ascoltava. Scese vacillando dal letto e cadde in ginocchio davanti a me, scongiurandomi di giurarle che non provavo ripugnanza per lei.

«Dimmelo!» singhiozzò. «Dimmi che sono bella come le altre donne».

«Ma certamente! Sei molto, molto bella».

Feci per sollevarla, ma lei mi si aggrappò forte e a me non rimase altro che cercare di consolarla. Ero goffo, inadeguato, e lei era troppo presa dal suo delirio perché potessi aiutarla, ma non mi diedi per vinto.

Ricominciò a parlare delle sue ferite, le orribili ferite che le avevano rovinato la vita, distruggendo l'amore prima ancora che arrivasse, spingendo suo marito nelle braccia di un'altra, e a me sembrava tutto fantastico e incomprensibile perché lei era davvero bella, a modo suo, non aveva menomazioni e non era sfigurata, e c'erano un sacco di uomini che avrebbero voluto amarla.

Si alzò vacillando, con i capelli sul viso, alcune ciocche si erano incollate alle guance bagnate di lacrime. Aveva gli occhi rossi e l'aria assatanata.

«Adesso vedrai!» gridò. «Apri bene gli occhi. Bugiardo, bugiardo!»

Si afferrò la gonna con le mani e la slacciò, e la gonna le si afflosciò attorno alle caviglie come un nido. Se ne liberò, tirando fuori prima un piede, poi l'altro; indossava una sottoveste bianca ed era davvero attraente.

«Ma sei bella!» le dissi. «Te l'avevo detto!»

Ma lei continuò a singhiozzare mentre armeggiava con i gancini che le tenevano chiusa la camicetta, sulla schiena; poi indietreggiò verso di me e mi chiese di aiutarla. Feci un gesto con la mano. «Per l'amor di Dio, lascia perdere» le dissi. «Mi hai convinto. Non è necessario che tu faccia lo spogliarello». Si mise a singhiozzare disperatamente e, afferrata la camicetta con entrambe le mani, se la strappò di dosso.

Quando cominciò a sollevarsi la sottoveste, le voltai le spalle e andai verso la finestra, come se intuissi che avrei visto qualcosa di sgradevole. Lei scoppiò in una risata stridula e mi tirò fuori la lingua. «Blah! Blah! Altro che frottole, sai già tutto».

Non potevo sottrarmi, così mi girai e vidi che non aveva addosso altro che le scarpe e le calze e fu allora che notai le ferite. Erano due buchi nella carne, all'altezza delle natiche, forse nati con lei, forse effetto di ustioni o piaghe, due concavità rinsecchite dove la carne se n'era andata, lasciando le cosce rattrappite e come morte. Strinsi le mascelle e le dissi: «Be', è tutto qui? Ma è roba da niente». Poi mi resi conto che mi mancava la voce e cominciai a parlare in fretta, per paura che le parole mi si fermassero in gola. «È ridicolo! Non si notano nemmeno! Sei bella, bellissima!»

Lei si studiò con curiosità, incredula, poi alzò di nuovo gli occhi su di me, e io riuscii a sostenere il suo sguardo, nonostante l'odore dolciastro e appiccicoso della sua presenza mi risucchiasse lo stomaco, e le ripetei che era bella, e la parola mi uscì come un singulto. Sì, era come una ragazzina, una vergine, delicata e preziosa, e lei, allora, arrossendo, raccolse la sottoveste senza dire una parola e se la infilò dalla testa con un gemito sommesso di soddisfazione.

La felicità la rese timida e io scoppiai a ridere, scoprendo al tempo stesso che le parole mi venivano più facilmente, tanto che le ripetei più e più volte quanto era bella e com'era stata sciocca. Ma fa' in fretta Arturo, sbrigati a parlare; sentivo, infatti, che qualcosa mi stava montando dentro e che dovevo trovare il modo di andarmene in fretta. Le dissi di rivestirsi che sarei tornato subito. Quando uscii, mi seguì con gli occhi traboccanti di gioia. Mi avviai lungo il corridoio fino al pianerottolo della scala di emergenza e lì mi abbandonai al pianto, incapace di fermarmi, perché Dio era un porco, un miserabile bastardo, e non avrebbe mai dovuto combinarle uno scherzo del genere. Scendi giù dal tuo paradiso, Dio, scendi che ti spacco la faccia, maledetto buffone. Se non fosse per te, questa donna non sarebbe così conciata e tutto il mondo andrebbe sicuramente meglio; se non fosse per te, mi sarei fatto Camilla Lopez, giù alla spiaggia. E invece no! Tu pensi solo a scherzare, e guarda un po' cos'hai combinato a questa donna e cos'hai fatto dell'amore di Arturo Bandini per Camilla Lopez. Allora la mia tragedia mi parve più grande di quella della donna e io mi dimenticai di lei.

Quando tornai, vidi che si era vestita e si stava pettinando davanti allo specchio. Si era ficcata la camicetta stracciata dentro la tasca del soprabito e sembrava esausta ma felice. Le dissi che l'avrei accompagnata alla stazione, dove avrebbe potuto prendere un treno per Long Beach. Rispose che non era necessario. Mi scrisse l'indirizzo su un pezzetto di carta.

«Un giorno verrai a trovarmi» mi disse. «Ti aspetterò».

Ci salutammo alla porta. Lei mi tese la mano e io la sentii calda e viva nella mia. «Ciao» mi disse. «Abbi cura di te».

«Ciao, Vera».

Impossibile ritrovare la mia solitudine, dopo che se ne fu andata, o sfuggire al suo strano profumo. Mi sdraiai e persino Camilla, quella Camilla fatta di un cuscino con un berretto come testa, mi parve lontanissima, quasi irraggiungibile. Lentamente mi sentii invadere dal desiderio e dalla nostalgia; sciocco, avresti potuto averla, avresti potuto fare quello che volevi, esattamente come fa Camilla, e non hai saputo approfittarne. Per tutta la notte mi tormentò nel sonno. Mi svegliai molte volte e, a ogni mio risveglio, respiravo l'odore dolciastro che si era lasciata dietro, toccavo i mobili che aveva toccato e pensavo ai versi che aveva recitato. Mi svegliai definitivamente alle dieci del mattino, ancora stanco, annusai l'aria e subito mi si ripresentò alla mente quello che era accaduto. Avrei potuto dirle tante cose e lei sarebbe stata molto buona con me. Senti Vera, avrei potuto dirle, la situazione è così e così e se tu potessi fare così e così, forse la prossima volta le cose andrebbero diversamente; sai, quella tale persona pensa di me così e così, ma deve smetterla. Già, a costo di spaccarmici la testa, devo trovare il modo di farla smettere.

Me ne sto lì tutto il giorno a rimuginare, e penso a un altro paio di italiani. Casanova e Cellini, e poi ad Arturo Bandini, e mi prenderei a pugni. Chissà com'è Long Beach, mi chiedo, forse un giorno o l'altro dovrei farci una capatina; potrei anche andare a trovare Vera, per far due chiacchiere sul problema che mi affligge. Penso a quel luogo di morte, alle ferite che si porta addosso, e cerco delle parole che le descrivano, che le immortalino sulle pagine di un manoscritto. E poi mi dico che forse Vera, con tutti i suoi difetti, può compiere il miracolo grazie al quale un nuovo Arturo Bandini affronterà il mondo e Camilla Lopez, un Bandini con la dinamite in corpo e lava incandescente negli occhi, il quale andrà da questa Lopez e le dirà: ehi, dolcezza, ho avuto molta pazienza con te, ma adesso ne ho abbastanza della tua arroganza, per cui fammi il piacere di toglierti in fretta i vestiti. E me ne sto sdraiato, tutto contento, a seguire con lo sguardo le mie fantasie che si snodano sul soffitto.

Un pomeriggio dico alla signora Hargraves che rimarrò via un giorno o poco più. Devo andare a Long Beach per affari. In tasca ho l'indirizzo di Vera. Bandini, preparati alla grande avventura, mi dico, lasciati possedere dallo spirito della conquista. All'angolo incontro Hellfrick, che sbava per avere dell'altra carne. Gli allungo qualche soldo e lui si precipita dal macellaio. Poi vado alla stazione e prendo il primo treno per Long Beach.

Dodici

Sulla cassetta delle lettere c'era scritto Vera Rivken; doveva essere lei. La casa era situata sul Long Beach Pike, proprio di fronte al Ferris Wheel e al Roller Coaster. Al piano terra c'era una sala da biliardo; sopra, alcuni appartamenti. Impossibile sbagliarsi, le scale erano impregnate del suo odore. La balaustra era tutta storta e l'intonaco grigio si era gonfiato, formando delle bolle che si spaccarono sotto la pressione del mio pollice.

Bussai e mi venne ad aprire.

«Così presto?» mi disse.

Prendila tra le braccia, Bandini. Non rispondere al suo bacio con una smorfia, scostati gentilmente, con un sorriso, e dille qualcosa. «Sei splendida» osservai. Ma non mi diede l'occasione di proseguire, perché mi fu di nuovo addosso, avvinta come una vite umida, cercandomi la bocca con la lingua che sembrava un serpente impaurito. Oh, Bandini, amante latino, ricambia il suo bacio! E tu, ragazza ebrea, potresti avere il buon gusto di stabilire degli approcci più lenti! Finalmente riuscii a liberarmi e mi avviai alla finestra, farfugliando qualcosa sul mare e la bellezza della vista. «Che panorama» osservai. Ma lei mi tolse il soprabito, mi fece sedere su una poltrona che stava in un angolo e mi tolse le scarpe. «Mettiti comodo» disse e se ne andò, lasciandomi lì a battere i denti, in quella stanza simile a mille altre stanze della California, un po' di legno qui e una stuoia là, ragnatele sul soffitto e polvere negli angoli; in quella casa che era sua e di tutti, da Los Angeles a San Diego: quattro assi ricoperte di intonaco e di stucco per ripararsi dal sole.

Si era rifugiata in un buco bianco che passava per cucina, da dove proveniva un rumore di pentole smosse e l'acciottolìo dei bicchieri, e io mi domandai perché, quando ero solo, la vedevo in un modo mentre ora mi sembrava diversa. Mi guardai attorno in cerca dell'origine di quell'odore dolciastro che assomigliava all'incenso; doveva pur provenire da qualche parte, ma nella stanza non c'erano incensieri, c'erano solo dei divani azzurri troppo imbottiti, un tavolo con su qualche libro e uno specchio, sopra il pannello a muro che copriva un letto pieghevole. Finalmente uscì dalla cucina con in mano un bicchiere di latte. «Bevilo» mi disse. «È freddo».

Ma non era affatto freddo, anzi, semmai il contrario. Sulla superficie navigava una specie di schiuma giallastra e, quando lo assaggiai, sentii il sapore delle sue labbra e dei cibi forti che mangiava, un gusto di pane di segale e di camembert. «È buono» dissi. «Veramente delizioso».

Si era seduta ai miei piedi, con le mani sulle mie ginocchia, e mi fissava con occhi così famelici e spalancati che avrei potuto perdermici dentro. Era vestita come la prima volta e, guardando la desolazione dell'ambiente, capii che non aveva altro da mettersi. Il mio arrivo inatteso non le aveva dato la possibilità di truccarsi e incipriarsi e i segni lasciati dagli anni sotto gli occhi e sulle guance risaltavano inesorabili. Mi chiesi come avessi fatto a non notarli l'altra volta e poi mi ricordai che li avevo notati, eccome, nonostante il trucco, per poi dimenticarmene nei due giorni passati a fantasticare su di lei. Ora che ero qui, però, sapevo che non sarei dovuto venire.

Ci mettemmo a parlare, lei e io. Si informò del mio lavoro, ma non era che una scusa, perché quello che facevo non le interessava affatto. Anche la mia risposta non fu che finzione, perché nemmeno a me interessava il mio lavoro. C'era solo una cosa che interessava entrambi e lei la conosceva, la mia presenza lì non lasciava dubbi.

Dov'erano finite le parole, i piccoli slanci di passione che avevo portato con me? Dov'erano i sogni e il desiderio, che fine aveva fatto il mio coraggio e perché me ne stavo lì a ridere smodatamente di cose che non mi interessavano? Avanti, Bandini... ritrova il tuo desiderio, abbandonati alla passione come raccontano nei libri. Due persone in una stanza: una è una donna, l'altra Arturo Bandini, che non è né carne, né pesce, né niente.

Un altro lungo silenzio, lei mi ha appoggiato la testa in grembo, le mie dita giocano nel nido nero dei suoi capelli, estraendone i fili bianchi. Svegliati, Arturo! Oh, se Camilla Lopez potesse vederti in questo momento, la tua principessa maya dai grandi occhi neri, il tuo vero amore. Gesù, Arturo, sei fantastico! Avrai anche scritto *Il cagnolino rise*, ma non scriverai mai le *Memorie* di Casanova. Cosa fai, qui seduto? Mediti su qualche capolavoro futuro? Sei pazzo, Bandini!

Lei alzò lo sguardo su di me, vide che tenevo gli occhi chiusi e si domandò cosa pensassi. Ma forse lo sapeva, perché disse: «Sei stanco. Dovresti riposare un po'». E forse fu per questo che tirò giù il letto pieghevole, insistendo perché mi sdraiassi, per poi mettersi accanto a me, con la testa tra le mie braccia. E forse fu per questo che, guardandomi fisso, disse: «Sei innamorato, vero?»

«Sì. Sono innamorato di una ragazza di Los Angeles».

Mi toccò la faccia.

«Lo so» disse. «Capisco».

«Non è vero».

Avrei voluto rivelarle il motivo della mia presenza, era lì sulla punta della lingua, pronto a saltar fuori, ma sapevo di non averne il coraggio. Restammo a fissare il vuoto del soffitto, distesi uno accanto all'altra, e io mi trastullai con l'idea di rivelarle tutto. «C'è qualcosa che voglio dirti» cominciai. «Forse potresti aiutarmi». E qui mi fermai. No, non potevo dirglielo; non mi restava che sperare che riuscisse a capirlo da sola. Ma quando cominciò a chiedermi cos'era, mi resi conto che era lontana e scossi il capo, facendo smorfie di impazienza. «Lascia perdere» feci. «Non posso dirtelo».

«Parlami di lei» mi domandò.

Nemmeno questo potevo fare, stare con una donna e dirle quanto mi piaceva un'altra. Mi chiese se era bella. Risposi di sì. Dissi che non mi amava. Poi il cuore prese a battermi veloce perché si stava avvicinando a quello che volevo che mi chiedesse. Aspettai, mentre mi accarezzava la fronte.

«E perché non ti ama?»

C'era arrivata. Avrei potuto risponderle e tutto sarebbe stato chiaro, invece dissi: «Perché no, ecco tutto».

«Forse perché è innamorata di un altro?»

«Può darsi. Non lo so».

Forse questo e forse quello, domande sopra domande,

una donna ferita e saggia che annaspa nel buio in cerca della passione di Arturo Bandini, fuoco, fuochino, fuochetto, mentre Bandini non vede l'ora di liberarsi del suo segreto.

«Come si chiama?»

«Camilla».

Si rizzò a sedere e mi sfiorò la bocca.

«Sono così sola. Fa' finta che io sia lei».

«Sì. Facciamo così. Tu sei Camilla».

Aprii le braccia e lei vi affondò dentro.

«Mi chiamo Camilla» disse.

«Sei bella. Sei una principessa maya».

«La principessa Camilla».

«Questa terra e questo mare ti appartengono. L'intera California ti appartiene. Anzi niente più California, niente Los Angeles, niente strade polverose, squallidi alberghi, giornali maleodoranti, orientali sconfitti e sradicati, viali pretenziosi. Questa è la tua splendida terra, con i suoi deserti, i monti e il mare. È il reame su cui tu regni, principessa».

«Sono la principessa Camilla» singhiozzò. «La California è sparita e anche gli americani. Restano solo i deserti, le montagne e il mare. La mia terra».

«Poi arrivo io».

«Arrivi tu».

«Io sono io, Arturo Bandini, il più grande scrittore di tutti i tempi».

«Sì, certo» assentì con un singulto. «Arturo Bandini, il genio». Seppellì la faccia nell'incavo della mia spalla e le sue lacrime calde presero a scorrermi sulla gola. La strinsi a me. «Baciami, Arturo».

Ma io non la baciai. Non ero pronto. O andava come volevo io o niente. «Sono un conquistatore» le dissi. «Sono il nuovo Cortez, un Cortez italiano».

Ecco, c'ero arrivato. Mi sentii invadere dalla gioia, il cielo blu mi faceva da soffitto e il mondo intero non era che una piccola cosa nel palmo della mia mano. Rabbrividii di piacere.

«Ti amo tanto, Camilla!»

Sparite le cicatrici, spariti i buchi avvizziti. Ora era Camilla, in tutto lo splendore della sua interezza, e mi apparteneva. Lei e il mondo intero. Ero grato delle sue lacrime, che mi eccitavano e mi esaltavano, e la possedetti. Poi mi addormentai, tranquillo ed esausto, ma prima di crollare nel sonno, con la mente già annebbiata, mi accorsi che stava singhiozzando. Non me ne curai, non era più Camilla, ormai. Era tornata a essere Vera Rivken e io, appena sveglio, mi sarei alzato e me ne sarei andato.

Quando mi svegliai non c'era più. Tutta la stanza parlava della sua partenza. La finestra aperta con le tende che si muovevano al vento. La porta dell'armadio spalancata e la gruccia appesa alla maniglia. Il bicchiere di latte semivuoto sul bracciolo della poltrona, dove l'avevo lasciato. Tante piccole cose che accusavano Arturo Bandini; le guardai con occhi freddi, ansioso di andarmene per non tornare mai più. Dalla strada saliva il suono di un organino. Andai alla finestra e rimasi a osservare dall'alto due donne che passavano.

Prima di uscire, mi fermai sulla soglia e lanciai un'occhiata all'intorno. Imprimitelo bene nella memoria, perché è qui che è successo. Anche qui si è fatta la storia.

Scoppiai a ridere. Che uomo straordinario, quel Bandini, dovreste sentirlo parlare di donne! La stanza, nella sua miseria, implorava calore e gioia. La stanza di Vera Rivken, così buona con Bandini, e così povera. Tirai fuori il mio rotolo di banconote, presi due dollari e li misi sul tavolo. Poi scesi le scale, gonfiandomi i polmoni di aria e sentendo i muscoli più saldi che mai.

Nel fondo della mente, però, avevo come un'ombra. Mi avviai lungo la strada, oltrepassai il Ferris Wheel, ed ebbi la sensazione che l'ombra si estendesse, vaga e indefinibile; una minaccia alla mia pace. Giunto a un chiosco dove vendevano hamburger, mi fermai e ordinai un caffè e, a questo punto, l'ombra si dilatò di scatto, prendendo i contorni definiti dell'inquietudine e dell'abbandono. Cosa mi succedeva? Mi sentii il polso. Batteva regolarmente. Soffiai sul caffè e lo assaggiai: era buono. Esplorai i recessi più remoti della mia mente, come un polipo che allunga i tentacoli, per cercare le ragioni del mio disagio, senza trovarle. Ma a un tratto esse mi si rivelarono con la forza dirompente di un'esplosione, con l'ineluttabilità di una catastrofe. Mi alzai dallo sgabello e mi allontanai impaurito, camminando in fretta e superando i passanti, che mi parvero spettri venuti da un altro pianeta. Il mondo non era che un mito, un aereo trasparente, su cui tutto era in transito; anche noi, Bandini, Hackmuth, Camilla e Vera, eravamo qui solo di passaggio per finire poi chissà dove. Non eravamo vivi, noi, ci limitavamo a sfiorare la vita senza mai afferrarla. E poi saremmo morti, tutti sarebbero morti e anche tu, Arturo, avresti fatto la fine degli altri.

Sapevo cosa mi aveva turbato. Era una grande croce bianca, puntata nel mio cervello, che mi diceva che ero un povero stupido, perché dovevo morire e non ci potevo fare niente. *Mea culpa*, *mea culpa*, *mea maxima culpa*. È un peccato mortale, Arturo. Non commettere adulterio. E io sapevo, e avrei sempre saputo, che non c'era scampo per quello che avevo fatto. Ero cattolico e avevo commesso un peccato mortale contro Vera Rivken. Terminati gli stabilimenti, cominciava la spiaggia, delimitata da dune. Camminai sulla sabbia fino a un punto in cui le dune nascondevano il lungomare.

Dovevo riflettere. Non mi inginocchiai, ma mi sedetti a fissare i frangenti che inghiottivano la riva. Così non va, Arturo. Hai letto Nietzsche, hai letto Voltaire, dovevi sapere come comportarti. Ma riflettere non mi aiutava. Ragionando, sarei forse riuscito a convincere la mia mente, ma non il mio sangue, ed era il mio sangue che mi teneva in vita, era il mio sangue che mi scorreva dentro, dicendomi che avevo sbagliato. Mi abbandonai al mio sangue e lasciai che mi trasportasse fino al mare profondo dei miei inizi. Vera Rivken, Arturo Bandini. Era un'assurdità, lo era stata fin dal principio. Avevo sbagliato. Avevo commesso un peccato mortale. Potevo esaminare la cosa da ogni punto di vista, matematico, filosofico, psicologico. Potevo dimostrare le mie ragioni in una dozzina di modi diversi, ma avevo torto perché era impossibile negare il caldo ritmo regolare della mia colpa.

Sentendomi male nell'anima, cercai di affrontare il problema del perdono. E chi avrebbe dovuto perdonarmi? Quale Dio? Quale Cristo? Erano miti in cui avevo creduto un tempo o era fede che mi sembrava mito? Questo è l'oceano e questo è Arturo. L'oceano è reale e Arturo crede che lo sia. Poi volto le spalle al mare e non vedo altro che terra. Continuo a camminare e la terra si estende fino all'orizzonte. Un anno, cinque anni, dieci anni, senza vedere il mare. Cos'è accaduto al mare, mi dico? Il mare è qui, rispondo, nel magazzino della memoria. Il mare è un mito. Non è mai esistito. E invece c'era! Lo so perché sono nato sulle sue sponde, mi sono bagnato nelle sue acque! Mi ha nutrito e mi ha dato pace, e le sue affascinanti distanze hanno alimentato i miei sogni! No, Arturo, il mare non è mai esistito. Non è che desiderio, il tuo, ma continua pure a camminare nel deserto. Non lo rivedrai mai più, il mare. È un mito in cui una volta hai creduto. Eppure sorrido, perché ho ancora il salino nel sangue, e la terra, con tutte le sue strade, non riuscirà a confondermi, perché il mio sangue tornerà alla sua sorgente.

Che fare, allora? Alzerò la faccia al cielo, balbettando e farfugliando con voce impaurita? Mi scoprirò il petto e lo percuoterò come un tamburo per attirare l'attenzione del mio Cristo? O non è forse più ragionevole che io mi ricopra e continui il cammino? Ci saranno momenti di confusione e momenti di desiderio, e altri in cui la mia solitudine verrà alleviata solo dalle lacrime che, come uccellini bagnati, cadranno ad ammorbidire le mie labbra aride. Ma ci sarà consolazione e ci sarà bellezza, come l'amore di qualche fanciulla morta. Ci saranno risate soffocate e la quieta attesa della notte e una tenue paura dell'abbraccio avvolgente e derisorio della morte. E la notte verrà, e con essa i dolci oli delle mie marine, versati su di me da chi ho abbandonato per inseguire i sogni della mia gioventù. E io sarò perdonato, per questo e per altro, per Vera Rivken e per l'incessante battere d'ali di Voltaire, affascinante uccello, e perché mi sono fermato a osservarlo e a sentirne il canto. Tutto mi sarà perdonato, quando farò ritorno alla mia terra sul mare.

Mi alzai e arrancai nella sabbia profonda, dirigendomi al lungomare. Il giorno si avviava alla sera e il sole era una palla rosso fuoco che calava nell'acqua. C'era qualcosa di statico nel cielo, una strana tensione. In distanza, verso sud, uno stormo nero di gabbiani pattugliava la costa. In bilico su una gamba sola, mi appoggiai a una panchina di pietra per levare la sabbia dalle scarpe.

Tutt'a un tratto sentii un rombo che, dopo un attimo, si trasformò in boato.

La panchina mi crollò sotto e affondò nella sabbia.

Guardai la fila di stabilimenti; vacillavano e si erano riempiti di crepe. Spostai lo sguardo sulla città, gli edifici più alti stavano oscillando. La sabbia mi cedette sotto i piedi; barcollai e ritrovai l'equilibrio, barcollai di nuovo.

Era un terremoto.

Si levarono le grida. Poi si alzò la polvere, e infine venne il boato delle case che si schiantavano. Giravo in tondo, senza sapere dove andare. Ero stato io. Era mia la colpa. Mi fermai a bocca aperta e mi guardai attorno come paralizzato. Mossi qualche passo verso il mare, poi tornai indietro.

Sei stato tu, Arturo, e questa è la collera di Dio.

Il rombo continuava. Mare e terra si gonfiavano come un tappeto galleggiante. Si levò la polvere e si udì un rumore di crolli. Altre urla, poi una sirena. La gente si precipitava fuori dalle case. Grandi nuvole di polvere avvolgevano tutto.

Sei stato tu, Arturo. Questa è la punizione per quello che hai fatto su quel letto.

I lampioni crollavano e gli edifici si sbriciolavano come biscotti. Urla, grida di donne, voci di uomini. Centinaia di persone sciamavano dagli edifici per sfuggire al pericolo. Sul marciapiede era distesa una donna, scossa dai sussulti. Un bambino piangeva. Rumore di vetri infranti, schegge dappertutto. La sirena dei pompieri, quelle delle ambulanze. Il suono dei clacson. Follia.

La grande scossa era finita, restavano quelle di assestamento. Dentro la terra il rombo non era ancora cessato. I comignoli si sbriciolavano, i mattoni cadevano e una polvere grigia si era depositata dappertutto. Altre scosse. Uomini e donne correvano verso uno spiazzo, lontano dagli edifici.

Mi ci affrettai anch'io. Una donna anziana piangeva tra i volti pallidi. Due uomini trasportavano un cadavere. Un vecchio cane strisciava sulla pancia, trascinando le gambe posteriori. Alcuni corpi erano stati trasportati in un angolo dello spiazzo, accanto a una baracca, e giacevano lì, coperti da lenzuola macchiate di sangue. Un'ambulanza. Due ragazzine che si abbracciavano, ridendo. Guardai verso la strada. Facciate crollate, letti in equilibrio precario, bagni in vista e, per terra, macerie alte un metro. Gli uomini gridavano ordini. A ogni nuova scossa si tiravano indietro, attendevano, poi ricominciavano a lavorare.

Dovevo muovermi. Andai verso la baracca, mentre la terra tremava ancora sotto i miei piedi. Aprii la porta e mi sentii svenire. All'interno c'erano file di cadaveri, coperti di lenzuola insanguinate. Sangue e morte. Uscii e mi sedetti. Le scosse continuavano.

Dov'era Vera Rivken? Mi alzai e mi avviai verso la strada. Era stata recintata ed era pattugliata da militari armati. Guardai verso la casa di Vera. Il letto era ancora appeso al muro, come un uomo crocifisso. Il pavimento era crollato ed era rimasta un'unica parete. Ritornai allo spiazzo. Nel mezzo qualcuno aveva acceso un fuoco, e le fiamme tingevano i volti di bagliori rossastri. Li studiai uno per uno, ma non trovai nessuno che conoscevo. Nemmeno Vera Rivken. Alcuni vecchi parlavano in gruppo. Uno alto con la barba disse che era la fine del mondo: l'aveva predetto che sarebbe successo. Una donna con i capelli sporchi di terra irruppe nel gruppo. «Charlie è morto» disse. Poi scoppiò a piangere. «Il povero Charlie è morto. Non dovevamo venire! Gliel'avevo detto». Un uomo anziano l'afferrò per le spalle, girandola verso di sé. «Cosa diavolo succede?» le domandò. Lei gli svenne tra le braccia.

Mi allontanai e mi sedetti sul bordo del marciapiede.

Pentiti, pentiti prima che sia troppo tardi. Dissi una preghiera, ma era come polvere nella mia bocca. Inutile pregare. Avrei cambiato vita. D'ora in poi avrei rigato dritto. Ero arrivato a una svolta e quello che era successo doveva servirmi da avvertimento. La gente, attorno al fuoco, aveva formato un cerchio e si era messa a cantare degli inni. Il coro era diretto da un donnone enorme. Alza gli occhi a Gesù, perché presto verrà a salvare il mondo. Cantavano tutti. Un ragazzino con un monogramma sul maglione mi porse un libro. Lo buttai via. Il donnone agitò le braccia con fervore e il canto si levò assieme al fumo verso il cielo. Le scosse non erano ancora cessate del tutto. Mi allontanai. Dio, questi protestanti! Nella mia chiesa non cantavamo questa roba, noi avevamo Händel e Palestrina.

Si era fatto buio, ormai, ed era comparsa qualche stella. Le scosse di assestamento si ripetevano con maggiore frequenza. Dal mare si levò il vento e raffreddò l'aria. La gente sostava a gruppi. Ovunque ululavano le sirene. Sopra le nostre teste si sentiva il rombo degli aeroplani e interi reparti di marines si riversavano per le strade. I barellieri entravano di corsa negli edifici pericolanti. Due ambulanze si avvicinarono a marcia indietro alla baracca. Mi alzai e me ne andai. La Croce Rossa aveva eretto una sede d'emergenza in un angolo dello spiazzo e stava distribuendo grandi tazze di caffè. Mi misi in fila.

«È stato peggio a Los Angeles» disse l'uomo che mi precedeva. «Migliaia di morti».

Migliaia. Poteva esserci anche Camilla. Il Columbia Buffet, con i suoi muri così vecchi e già così crepati, doveva essere stato tra i primi edifici a crollare e lei era rimasta sepolta nel crollo. Il suo orario di lavoro andava dalle quattro alle undici e il terremoto c'era capitato proprio in mezzo. E così lei se n'era andata mentre io ero rimasto. Bene. Me la immaginai morta: distesa, con gli occhi chiusi e le mani giunte. Lei era morta e io ero vivo. Non ci eravamo capiti, ma lei era stata buona con me, a modo suo. Me la sarei ricordata a lungo e forse sarei stato l'unico uomo sulla terra a ricordarla. Mi vennero in mente tanti particolari affascinanti della sua persona: le sue *huarachas*, la vergogna che provava per essere nata messicana, la sua assurda Ford.

Nello spiazzo circolavano voci d'ogni genere. Stava per venire un maremoto. Non ci sarebbe stato alcun maremoto. Era stata colpita solo Long Beach. Los Angeles era un ammasso di rovine. A Los Angeles non se n'erano nemmeno accorti. Alcuni dicevano che i morti erano cinquantamila, altri sostenevano che era stato il terremoto più violento dopo quello di San Francisco. No, era stato molto più forte di quello di San Francisco. Nonostante tutto, la situazione era sotto controllo. La gente aveva paura, ma non si era lasciata travolgere dal panico. Qua e là c'era anche qualcuno che sorrideva, qualcuno più coraggioso degli altri. Avevano lasciato le case, ma avevano portato con sé il loro coraggio. Era gente solida, che non aveva paura di niente.

I marines installarono una radio in mezzo allo spiazzo, con grandi altoparlanti che sbadigliavano verso la folla, trasmettendo notizie sulla catastrofe. Una voce fonda sbraitava delle istruzioni ma, poiché rappresentava la legge, tutti l'accettavano di buon grado. Fino a nuovo ordine nessuno poteva lasciare la città, dov'era stata decretata la legge marziale. Il pericolo di un maremoto era definitivamente scongiurato. Non bisognava aver paura delle scosse di assestamento, che erano un fenomeno naturale e si verificavano sempre dopo un terremoto.

La Croce Rossa distribuì coperte, viveri e caffè in abbondanza. Per tutta la notte restammo vicini all'altoparlante, che ci informava degli sviluppi della situazione. A quanto pareva, a Los Angeles non c'erano stati gravi danni. Venne trasmesso un lungo elenco di morti, ma in esso non figurava nessuna Camilla Lopez. Per tutta la notte non feci altro che trangugiare caffè e fumare sigarette, ascoltando i nomi dei morti. Non c'era nessuna Camilla, e nemmeno un Lopez.

TREDICI

Il giorno seguente tornai a Los Angeles. La città era la stessa, ma io avevo paura, nelle strade si annidava il pericolo. I neri canyon tra gli alti edifici erano delle trappole mortali. A ogni scossa la terra poteva aprirsi, inghiottendo macchine e tram. Qualcosa era successo ad Arturo Bandini. Percorreva le strade dove gli edifici avevano un solo piano. Procedeva sul bordo del marciapiede per timore che le insegne gli crollassero addosso. Il terrore mi si era annidato dentro e non riuscivo a eliminarlo. Vedevo altri che camminavano in vicoli stretti e bui e mi stupivo della loro follia. Attraversai Hill Street e tirai un sospiro di sollievo quando entrai in Pershing Square. Lì le case erano tutte basse. Anche se la terra si fosse messa a tremare, non avrei corso il rischio di restare sepolto sotto le macerie.

Mi sedetti a fumare e mi accorsi di avere le palme delle mani madide di sudore. Il Columbia Buffet non distava più di cinque isolati, ma sapevo che non ci sarei andato. Dentro di me era mutato qualcosa. Ero diventato un fifone. Sei un fifone, mi dissi ad alta voce. Non importava, meglio vivere da fifone che morire da idiota. Molta gente entrava e usciva dai palazzoni di cemento. Qualcuno avrebbe dovuto metterli in guardia. Sarebbe ricominciato, doveva ricominciare. Ci sarebbe stato un altro terremoto che avrebbe raso al suolo la città, distruggendola per sempre. Poteva succedere da un momento all'altro. Avrebbe fatto un'infinità di vittime, ma io mi sarei salvato, perché me ne stavo alla larga da quelle strade, lontano dal pericolo dei crolli.

Risalii Bunker Hill verso il mio albergo, esaminando uno per uno tutti gli edifici. Le case in legno resistevano al terremoto, oscillavano e si ammaccavano, senza crollare. Quelle in mattoni no. Il terremoto non le aveva lasciate indenni. Ovunque si vedevano muri abbattuti, comignoli sgretolati. Los Angeles era una città maledetta, condannata alla distruzione. Questa volta era stata risparmiata, ma la prossima catastrofe l'avrebbe sicuramente spazzata via dalla faccia della terra. Bene, ma io non mi sarei fatto sorprendere all'interno di un edificio di mattoni. Fatti miei se ero un vigliacco. Sono un vigliacco, mi dico, certo che lo sono: fate pure i coraggiosi, voi, pazzi che non siete altro. Andatevene pure a spasso sotto quegli immensi palazzoni. Vedrete che fine farete. Oggi, domani, la settimana prossima, l'anno venturo. Ci lascerete la pelle, ma io no.

E ora ascoltate cosa racconta l'uomo che ha visto il terremoto. Mi sedetti sul portico dell'Hotel Alta Loma e vuotai il sacco. Avevo visto tutto: i morti che venivano portati via, il sangue e i feriti. Ero in un edificio di sei piani quando era successo e dormivo profondamente. Mi ero precipitato in corridoio. L'ascensore era bloccato. Una donna che usciva di corsa da uno degli uffici era rimasta schiacciata sotto una putrella. Ero tornato indietro, scavalcando le macerie e me l'ero messa sulle spalle, portandola in salvo. Per tutta la notte mi ero dato da fare con i soccorritori, affondando fino alle ginocchia nel sangue e nel dolore. Avevo estratto una vecchia da un cumulo di macerie da cui sporgevano solo le sue mani, esangui come quelle di una statua. Mi ero gettato dentro una porta, nonostante il fumo, per salvare una ragazza svenuta nella vasca da bagno. Avevo medicato i feriti e guidato le squadre di soccorso, scavando tra le macerie in cerca di morti e feriti. Sicuro, avevo avuto paura, ma qualcuno doveva ben farlo. Era un momento di crisi e bisognava agire, non parlare. Avevo visto la terra aprirsi come un'enorme bocca e richiudersi sopra le strade asfaltate. Un vecchio era rimasto intrappolato con un piede. Ero accorso e avevo cercato di fargli coraggio, mentre spaccavo l'asfalto con un'ascia presa a prestito a un pompiere. Ma ero arrivato troppo tardi. La fenditura si era ristretta, tranciandogli la gamba all'altezza del ginocchio. L'avevo portato via, ma il suo ginocchio era ancora là, sanguinante testimonianza conficcata nella terra. L'avevo visto accadere ed era stato orribile. Forse mi credettero, forse no, ma per me era lo stesso.

Scesi in camera mia e la esaminai per vedere se c'erano crepe nelle pareti. Poi ispezionai la stanza di Hellfrick. Era chino sui fornelli a cucinarsi degli hamburger. Ho visto tutto, Hellfrick. Ero proprio in cima a quel grande otto volante, il Roller Coaster, quando la terra aveva tremato. Il carrellino si era bloccato nei binari e avevo dovuto scendere a piedi. Pensa, quattrocento metri con una ragazza sulle spalle e la struttura che si scuoteva come se avesse avuto il ballo di san Vito. Però ce l'avevo fatta. Avevo visto una ragazzina sepolta tra le macerie e una donna schiacciata dalla sua auto, con il braccio ancora proteso a segnalare la svolta a destra. Avevo visto tre uomini morti al tavolo del poker. Hellfrick mandò un fischio. Davvero? Davvero? Ah, che tragedia! A proposito, non potevo prestargli cinquanta cent, per caso? Glieli diedi e mi misi a esaminare le pareti della sua stanza. Poi passai a ispezionare i corridoi, il garage e la lavanderia. Le scosse avevano lasciato delle lievi tracce, sufficienti tuttavia a presagire la catastrofe che si sarebbe abbattuta su Los Angeles. Quella notte, dormii all'aperto. Non potevo restare in camera col pericolo che la terra tremasse ancora. Non io, Hellfrick. E Hellfrick mi guardò sistemarmi sul pendio, tutto avvolto nelle coperte. Mi disse che ero pazzo, ma poi dovette ricordarsi che gli avevo prestato dei soldi, il che significava che forse non ero del tutto pazzo. Allora mi disse che forse avevo ragione. Spense la luce e udii il letto cigolare sotto il suo misero peso.

Il mondo era polvere e sarebbe tornato polvere. Cominciai ad andare a messa il mattino. Poi mi confessai e ricevetti la Santa Comunione. Scelsi una chiesetta in legno, bassa e solida, vicino al quartiere messicano. Come pregò il nuovo Bandini! Ah, la vita! Tragedia dolceamara, splendida puttana che mi porti alla distruzione! Rinunciai alle sigarette per qualche giorno, mi comprai un rosario nuovo e infilai una quantità di monetine nella cassetta delle elemosine. Provavo una gran compassione per il mondo.

Cara mamma, laggiù nel Colorado, mamma dolce e amata, così simile alla Vergine Maria. Mi erano rimasti solo dieci dollari, ma gliene mandai cinque. Era la prima volta che mandavo qualcosa a casa. Prega per me, mamma cara. Le tue veglie di preghiera mi tengono in vita. Sono giorni bui, questi. Il mondo è pieno di brutture. Ma io sono cambiato, ho ricominciato da capo. Passo lunghe ore a renderti gloria davanti a Dio. Oh, mamma, resta con me in questo frangente! Purtroppo ora devo concludere questa mia lettera perché ho iniziato una novena e tutti i pomeriggi, alle cinque, mi prostro davanti all'immagine del Salvatore e prego perché abbia pietà di noi. Addio, mamma! Addio, mamma! Raccomandami a Colui che tutto dona e che regna dall'alto dei cieli.

Uscii per imbucare la lettera a mia madre, la infilai nella cassetta e mi incamminai lungo Olive Street, dove non c'erano edifici di mattoni. Attraversato uno spiazzo vuoto, percorsi un'altra strada priva di costruzioni e un'altra ancora, dove una palizzata bassa delimitava il punto in cui prima c'erano state le case, e infine arrivai a un isolato di palazzi alti. Impossibile evitarli, l'unica cosa da fare era attraversare la strada a passo rapido, quasi di corsa. In fondo a quella strada c'è la chiesetta, dove entrai a fare la mia novena.

Uscii un'ora dopo, rasserenato e di buon umore. Per tornare, ripercorsi lo stesso cammino: oltrepassai di corsa i palazzoni, seguii la palizzata, attraversai lentamente lo spiazzo vuoto, notando l'intervento del Signore in una fila di palme vicino al vicolo. Imboccai Olive Street in senso inverso e oltrepassai le squallide casupole di legno. Che importa possedere il mondo intero se poi si soffre per la perdita della propria anima? Mi tornò in mente una poesiola che avevo imparato da bambino. "Prendi tutti i piaceri delle sfere, moltiplicali per l'eternità; un solo attimo nel paradiso li vale tutti quanti". Era vero, eccome! Ti ringrazio, o luce celeste, per avermi indicato il cammino.

Un colpo a una finestra. Qualcuno bussava alla finestra di una casa interamente ricoperta dalla vite. Mi voltai e, nel riquadro, scorsi una testa: un balenìo di denti, dei capelli neri, uno sguardo lascivo e lunghe dita che accennano un gesto d'invito. Cos'era quel tuono nei miei lombi? Che fare per impedire che la mia mente si paralizzasse e il sangue accelerasse la sua corsa, inondandomi i sensi? Ma io lo voglio e morirò se non lo farò! Arrivo, donna alla finestra; mi affascini, mi tramortisci di gioia, mi fai tremare di piacere. Eccomi, non mi senti salire le tue scale vacillanti?

È questo dunque il tuo modo di pentirti, è così che mantieni i buoni propositi? E se il terremoto ti inghiottisse? Ah, cosa mi importa! Tornai verso il centro, dove c'erano i grattacieli. Che venga pure il terremoto, che seppellisca me e i miei peccati. Ero un buono a nulla e sarei dovuto morire, cosa importava, allora, perché o quando o come?

L'idea nacque dalla mia disperazione e mi arrivò come in sogno, la prima buona idea di tutta la mia vita, forte, pulita e intera. Pagina per pagina, riga per riga, lo vidi tutto scritto, il mio racconto su Vera Rivken.

Cominciai e mi accorsi che scorreva facilmente. Ma non nasceva dalla mente, non si sviluppava dalla riflessione. Si muoveva da solo, sgorgando come il sangue. Finalmente ce l'avevo fatta. Ecco che parto, senza intralci, o Dio, come mi piace. O Dio, come ti amo. E te, Camilla, e tutti gli altri. Ecco che parto, ed è una sensazione bella e dolce e calda, morbida, deliziosa, delirante. Lungo il fiume e sopra il mare, questo sono io e questa sei tu, parole grevi, parole lievi, parole esili, *whee whee whee.*

E la cosa continua, anelante, fremente, senza fine, e cresce, cresce. Lavorai per ore, finché poco per volta me la ritrovai nella carne e nelle ossa, finché mi invase tutto, indebolendomi, accecandomi. Camilla! Dovevo averla! Mi alzai e uscii dall'albergo, avviandomi verso il Columbia Buffet.

«Sei tornato?»

Un velo sulle pupille, una ragnatela tutt'attorno.

«Perché no?»

Arturo Bandini, autore di *Il cagnolino rise*, di un plagio da Ernest Dowson, di una proposta di matrimonio spedita per telegramma.

Ridevano forse i suoi occhi? Be', non pensarci, concentrati sulla sua carne scura sotto il grembiule. Ordinai una birra e la guardai mentre serviva. Sogghignai sprezzante quando si mise a ridere con un gruppo di uomini, accanto al piano. Sghignazzai quando uno di loro le mise la mano su un fianco. Quel messicano! Un pezzente! Te lo dico io! La chiamai con un cenno. Arrivò con comodo, un quarto d'ora dopo. Sii gentile con lei, Arturo. Fatti forza, fingi.

«Vuoi ancora qualcosa?»

«Come stai, Camilla?»

«Bene, direi».

«Vorrei vederti quando finisci».

«Ho un altro impegno».

«Puoi rimandarlo, Camilla?» le chiedo gentilmente. «Devo vederti, è importante».

«No, mi spiace».

«Ti prego, Camilla. Solo questa sera. È importante, davvero».

«Non posso, Arturo. Te l'ho già detto».

«E io ti dico che ci vedremo».

Si allontanò. Io scostai la sedia e mi alzai, puntandole contro l'indice e urlando: «Ci vedremo, ti dico, sguattera insolente!»

Non avrebbe potuto evitarmi, perché avevo deciso di aspettarla. Entrai nel parcheggio e mi sedetti sul predellino della sua auto. Non era abbastanza in gamba per rifiutare un appuntamento con Arturo Bandini e, mio Dio, come odiavo la sua faccia tosta.

Finalmente arrivò in compagnia di Sammy, il barista. Si fermò quando mi vide e appoggiò la mano sul braccio del compagno, come per trattenerlo. Li udii sussurrare. Bene, si profilava una rissa. Fatti sotto, specie di spaventapasseri, prova ad alzare un dito e ti spacco in due. Strinsi i pugni e aspettai. Quando furono vicini, Sammy mi girò attorno ed entrò in macchina. Rimasi in piedi accanto al posto di guida. Camilla aprì la portiera, guardando fisso davanti a sé. Scossi la testa.

«Tu vieni con me, messicana».

La afferrai per un polso.

«Mollami!» disse. «Toglimi subito le tue sporche mani di dosso».

«Vieni con me, ti ho detto».

Sammy si sporse.

«Forse non ne ha voglia, amico».

La afferrai con la mano destra, poi alzai il pugno sinistro e glielo sferrai sul muso. «Senti un po'» gli dissi. «Mi stai antipatico, quindi vedi di tenere chiusa quella tua boccaccia».

«Ragiona» mi disse. «Perché diavolo te la pigli tanto per una donna?»

«Lei viene con me».

«Non ci penso nemmeno!»

Cercò di liberarsi. Le diedi uno strattone e la lanciai come una ballerina. Si allontanò, girando come una trottola, ma riuscì a non cadere. Si mise a urlare e mi si buttò addosso. La afferrai con le braccia, inchiodandole i gomiti. Cominciò a mollare calci e cercò di graffiarmi le gambe. Sammy ci stava a guardare disgustato. Certo, mi ero comportato in modo disgustoso, ma erano fatti miei. Lei si mise a piangere e si dibatté, ma non c'era molto che potesse fare così com'era, con le gambe penzoloni e le braccia immobilizzate. Finalmente si stancò e io la lasciai andare. Si rassettò il vestito, battendo i denti dall'odio.

«Adesso vieni» le dissi.

Sammy smontò dall'auto.

«Basta» disse. Prese Camilla per un braccio e la condusse in strada. «Andiamocene di qui».

Li seguii con lo sguardo. Aveva ragione. Idiota di un Bandini, cane rognoso, pazzo. Ma avevo dovuto farlo. Presi il libretto di circolazione e vidi che abitava tra la Ventiquattresima e Alameda. Anche questa volta dovevo farlo. Andai a Hill Street e salii su un tram diretto ad Alameda. Mi incuriosiva questo mio aspetto insolito; il lato bestiale, buio, incontrollato del nuovo Bandini. Ma dopo qualche isolato avevo già cambiato umore. Scesi vicino allo scalo merci. Bunker Hill era a tre chilometri di distanza, ma decisi ugualmente di tornarci a piedi.

Arrivato in camera, mi dissi che con Camilla Lopez avevo chiuso per sempre. E te ne pentirai, piccola idiota, perché diventerò famoso. Sedetti alla macchina da scrivere e lavorai fino a notte fonda.

Lavoravo molto. Secondo il calendario eravamo in autunno, ma la stagione non era mutata. Di giorno il sole, di notte il solito cielo blu. Ero tornato a nutrirmi di frutta. Il giapponese mi faceva credito e sceglieva il meglio dalle sue ceste. Banane, arance, pere, prugne. Anche il sedano, di tanto in tanto. Avevo una grossa scatola di tabacco e una pipa nuova. Niente caffè, ma non importava. Poi il mio nuovo racconto uscì nelle edicole. *Le colline perdute*! Niente a che vedere con *Il cagnolino rise*, comunque. Guardai appena la copia che Hackmuth mi mandò in omaggio, ma fui molto soddisfatto di sapere che era uscito. Un giorno o l'altro i miei racconti sarebbero stati così numerosi che ne avrei perso il conto. «Ehilà, Bandini! Carina quella novella apparsa sull''Atlantic Monthly'». Bandini si stupisce. «C'era qualcosa di mio sull''Atlantic'? Bene, bene».

Hellfrick il carnivoro, l'uomo che non pagava mai i debiti. Gli avevo prestato un sacco di soldi durante il mio periodo d'oro, ma ora che ero tornato povero cercava di mercanteggiare. Un vecchio impermeabile, un paio di pantofole, una scatola di saponetta profumata: era questa la merce di scambio. Naturalmente rifiutavo sempre. «Cristo, Hellfrick. Mi servono i soldi, non so cosa farmene dei tuoi scarti». La sua smania di carne gli aveva preso la mano. Non faceva altro che cucinarsi bistecche scadenti, il cui odore filtrava sotto la mia porta, facendomi venire l'acquolina in bocca. Allora andavo in camera sua.

«Hellfrick» gli dicevo. «Mi dai un pezzo della tua bistecca?» Era così grossa che stava a stento nella padella. Ma lui mi rispondeva, mentendo spudoratamente: «Son due giorni che non mando giù un boccone». Allora lo insultavo selvaggiamente e, poco per volta, finii per perdere ogni rispetto che provavo ancora per lui. Hellfrick si limitava a scuotere la sua faccia rossa e chiazzata, fissandomi con espressione afflitta, ma continuava imperterrito a non offrirmi niente, nemmeno i suoi avanzi. E io lavoravo, un giorno dopo l'altro, perseguitato dall'aroma stuzzicante proveniente dalle varie braciole, bistecche, lombate, costate che venivano cucinate nell'altra stanza.

Un giorno la sua febbre carnivora scomparve, sostituita dalla vecchia smania d'alcol. Si prese una sbornia che durò due giorni. Lo udivo girare per la stanza, inciampando ad ogni passo, mollando calci alle bottiglie vuote e parlando da solo. Poi sparì. Quando tornò, era di nuovo senza un soldo, ma in compenso aveva comprato un'automobile, dove o come, non si ricordava. Era una grossa Packard che aveva più di vent'anni. Le gomme consunte e la vernice nera tutta scrostata la facevano assomigliare a un carro funebre. Gliel'aveva venduta un tizio, giù nella Main Street. Adesso era di nuovo al verde, con una grossa Packard per le mani di cui non sapeva che farsene.

«Vuoi comprarla?» mi propose.

«Oh, al diavolo, no».

Mi parve deluso. La testa gli scoppiava per i postumi di una sbronza.

Quella sera entrò in camera mia e si sedette sul letto con le lunghe braccia penzoloni. Aveva nostalgia del suo *middle-west.* Si mise a parlare di caccia, di pesca, dei bei vecchi tempi. Poi attaccò l'argomento carne. «Cosa ne diresti di una bella bistecca alta così?» mi disse con le labbra pendule, misurando l'aria con due dita. «Ben dorata alla superficie e immersa in un mare di burro. Ehi, di' un po', ti piacerebbe?»

«Eccome».

Si alzò.

«E allora vieni. Andiamo a procurarcela».

«Hai i soldi?»

«Non ce n'è bisogno. Ho fame».

Afferrai il maglione e lo seguii fino alla macchina. Lui salì, ma io esitavo. «Dove hai intenzione di andare Hellfrick?»

«Avanti, monta» mi disse. «Ci penso io».

Mi sistemai sul sedile accanto al suo.

«Non voglio guai» gli dissi.

«Quante storie!» esclamò con un sogghigno. «Ti ho detto che so dove possiamo procurarcela».

Ci dirigemmo sotto la luna verso Highland e superammo il passo Cahuenga. Dall'altra parte si stendeva la piana della valle di san Fernando. Svoltammo in una viuzza di terra battuta, fiancheggiata da alti alberi di eucalipto, che si inoltrava tra i pascoli e qualche fattoria isolata. La seguimmo fino alla fine. I fari illuminarono una recinzione di filo spinato. Faticosamente Hellfrick girò l'auto, puntandone il muso verso la direzione da cui eravamo venuti. Poi smontò, aprì la porta posteriore e armeggiò sotto il sedile, dove c'erano gli attrezzi.

Mi chinai a osservarlo.

«Cosa cerchi?» gli domandai.

Lui si raddrizzò. In mano aveva il cric.

«Aspettami qui».

Passò sotto il filo spinato e si incamminò per il campo. A un centinaio di metri si intravedeva la sagoma di una stalla. A quel punto intuii cos'aveva in mente. Saltai fuori dall'auto e lo chiamai. Mi zittì con aria seccata. Lo vidi avvicinarsi furtivamente alla porta della stalla. Gli lanciai una serie di improperi e attesi nervosamente. Poco dopo udii un muggito compassionevole, seguito da un colpo sordo e da uno strascicare di zoccoli. Finalmente comparve Hellfrick con una massa scura sulle spalle, curvo per il peso. Era seguito da una mucca, che muggiva in continuazione. Hellfrick si mise a correre, ma il peso lo costrinse a rinunciare. Si limitò quindi a procedere a passo rapido, inseguito dalla mucca che gli dava delle gran musate nella schiena. Lui si voltò, mollando calci all'impazzata. La mucca si fermò, si girò a guardare la stalla e muggì di nuovo.

«Hellfrick, sei pazzo! Un maledetto pazzo!»

«Aiutami» mi disse.

Alzai il filo spinato in modo da permettergli di passare con il suo carico. Era un vitello e in cima alla testa aveva una ferita da cui sgorgava il sangue. Nei suoi occhi spalancati si rifletteva la luna. Era un assassinio premeditato. Avevo lo stomaco attanagliato dall'orrore e, quando Hellfrick scaraventò la bestia sul sedile posteriore, provai un urto di vomito. Stavo male, molto male. Avevo dato man forte a un assassino.

Ci rimettemmo in moto per tornare. Hellfrick era esultante, ma il volante era tutto sporco di sangue e un paio di volte mi parve di sentire il vitello che scalciava. Mi presi la faccia tra le mani, sforzandomi di dimenticare il richiamo nostalgico della vacca e l'espressione mite del vitellino morto. Hellfrick andava come un pazzo. A Beverly superammo una macchina nera che procedeva lentamente. Era un'auto della polizia. Strinsi i denti e mi preparai al peggio, ma nessuno ci inseguì. Stavo troppo male per sentirmi sollevato. Una cosa era certa: Hellfrick era un assassino, con lui avevo chiuso. Arrivati a Bunker Hill, ci fermammo nell'area di parcheggio adiacente all'albergo. Hellfrick smontò.

«Adesso ti farò vedere come si macellano gli animali».

«Sei un demonio» gli dissi.

Gli feci da palo mentre, dopo aver avvolto la testa del vitello nella carta di giornale, se lo caricava in spalla, avviandosi poi lungo il corridoio buio verso la sua stanza. Coprii con altri giornali il pavimento sudicio e lui vi depositò sopra la bestia. Guardò sogghignando le macchie di sangue che gli insozzavano i calzoni, la camicia, le braccia.

Lanciai un'occhiata al povero vitello. Aveva il mantello a chiazze bianche e nere e le caviglie più delicate che avessi mai visto. Dalla bocca socchiusa pendeva la lingua rosa. Chiusi gli occhi e tornai di corsa in camera mia, dove mi buttai per terra. Rimasi lì, scosso da un tremito, pensando alla mucca rimasta sola nei campi sotto la luna, povera vecchia mucca, a muggire di dolore per il suo vitello. Un assassinio! Con Hellfrick avevo chiuso. Poteva anche fare a meno di restituirmi i miei soldi. Erano sporchi di sangue, non li volevo.

Dopo quella notte divenni molto freddo con lui. Non misi più piede in camera sua. Un paio di volte lo udii bussare alla mia porta, ma mi guardai bene dall'andare ad aprire. Avevo preso l'abitudine di chiudere a chiave, per evitare che potesse piombarmi dentro. Quando ci incontravamo, ci limitavamo a scambiarci un grugnito. Mi doveva quasi tre dollari, ma non li recuperai mai più.

QUATTORDICI

Mi arrivarono buone notizie da parte di Hackmuth. Un'altra rivista voleva una riduzione di *Le colline perdute*. Me l'avrebbero pagata cento dollari. Ero di nuovo ricco. Era giunto il momento di fare ammenda, di porre rimedio agli errori del passato. Spedii cinque dollari a mia madre e piansi nel leggere la sua lettera di ringraziamento. Le risposi subito, con le lacrime che mi scorrevano lungo le guance, e gliene mandai altri cinque. Ero contento di me. Dopotutto, avevo qualche buona qualità. Li vedevo, i miei biografi, a colloquio con mia madre, dolce vecchietta su una sedia a rotelle: tanto bravo, il mio Arturo, non mi ha mai fatto mancare niente.

Arturo Bandini, lo scrittore. Una grossa fortuna, costruita scrivendo. Ora è al lavoro su un romanzo. Un libro affascinante, una prosa efficacissima. Se ne aspetta con ansia la pubblicazione. Niente di simile dai giorni di Joyce. In piedi davanti alla fotografia di Hackmuth, gli leggevo giorno per giorno il prodotto delle mie fatiche. Passai ore intere a elaborare una dedica. A J.C. Hackmuth, per avermi scoperto. A J.C. Hackmuth, con tutta la mia ammirazione. A Hackmuth, uomo di ingegno. Li vedevo, i critici newyorkesi, stringerglisi attorno nel suo club. È un cavallo vincente quel suo Bandini, quel californiano. Hackmuth ha gli occhi che gli brillano e risponde con un sorriso.

Sei settimane, tre, quattro, a volte cinque ore dolcissime ogni giorno, ore di delizia; le pagine si accumulavano una sull'altra e ogni altro desiderio era spento. Mi sentivo come un fantasma che fluttuava sulla terra, ero in pace col mondo e straordinarie ondate di tenerezza mi sommergevano quando mi mescolavo alla folla per le strade e parlavo con la gente. Dio Onnipotente, mio Signore, che sei stato tanto generoso da farmi dono di un eloquio piacevole, lo donerò a mia volta a queste povere creature tristi e sole ed esse ne saranno consolate. Così passavano i giorni. Giorni di sogno, giorni luminosi, in cui la quieta gioia che mi invadeva si trasformava a volte in lacrime e io provavo uno strano desiderio di morte.

Così viveva Bandini, intento a scrivere il suo romanzo.

Una notte udii qualcuno che bussava alla porta. Era lei.

«Camilla!»

Entrò e si sedette sul letto, con un pacco avvolto nella carta di giornale sotto il braccio. Si guardò attorno: dunque era qui che abitavo. Se l'era chiesto spesso, come fosse il posto in cui vivevo. Si alzò e si mise a girare per la stanza, sbirciando fuori della finestra, la bella Camilla dal portamento eretto e dai dolci capelli neri, e io la seguii con lo sguardo. Perché era venuta? Lei intuì la mia domanda, si sedette sul letto e mi sorrise.

«Arturo» mi disse. «Perché non facciamo che litigare?»

Non lo sapevo. Forse dipendeva dal nostro carattere, ma lei scosse il capo e accavallò le gambe e la vista delle sue belle cosce sollevate mi offuscò la mente con una densa sensazione soffocante e il desiderio intenso di toccarle. Ogni suo movimento — il morbido volgere del collo, i grandi seni che si gonfiavano sotto il grembiule, le belle mani appoggiate al letto con le dita aperte — mi provocava un turbamento e un senso di struggente pesantezza che sconfinava nello stordimento. E poi la voce, sommessa e appena soffusa di ironia, una voce che parlava al sangue e ai sensi. La pace delle settimane appena trascorse mi sembrava irreale, nient'altro che un'illusione: questo era vivere, poter guardare Camilla nel fondo dei suoi occhi neri, opponendo al suo disprezzo la speranza e una maligna soddisfazione.

Ma la sua non era una visita disinteressata e ben presto scoprii perché era venuta.

«Ti ricordi di Sammy?»

Sicuro che me lo ricordavo.

«Non ti era simpatico».

«Non è vero. Era un tipo a posto».

«È un bravo ragazzo, Arturo. Ti piacerebbe, se tu lo conoscessi meglio».

«Può darsi».

«Tu gli eri simpatico».

Ne dubitavo, dopo quello che era successo al parcheggio. Mi tornarono in mente certi suoi atteggiamenti nei confronti di Sammy, i sorrisi che gli rivolgeva durante il lavoro, l'aria preoccupata che aveva la sera che l'avevamo accompagnato a casa. «Sei innamorata di lui, vero?»

«Non esattamente».

Distolse lo sguardo dal mio e lo lasciò vagare per la stanza.

«E invece sì».

Tutt'a un tratto la detestai, perché mi aveva ferito. Era proprio un bel tipo, quella ragazza! Aveva stracciato il sonetto di Dowson, aveva mostrato il mio telegramma a tutti gli avventori del Columbia Buffet. Mi aveva fatto fare la figura dell'idiota, giù alla spiaggia. Dubitava della mia virilità e da questo dubbio nasceva il disprezzo che le leggevo negli occhi. Guardandole il viso e le labbra, pensai che mi sarebbe piaciuto pestarla, calare con violenza il mio pugno su quel suo naso.

Riprese a parlare di Sammy. Non glien'era andata bene una nella vita. Sarebbe potuto diventare qualcuno se non fosse stato così cagionevole di salute.

«Cos'ha che non va?»

«Tubercolosi» mi rispose.

«Poveraccio».

«Ha i giorni contati».

Non me ne fregava niente.

«Tutti dobbiamo morire, prima o poi».

Mi venne la tentazione di buttarla fuori. Se sei venuta qui per parlare di lui, volevo dirle, quella è la porta. Quello che capita a Sammy non mi riguarda minimamente. Sarebbe stato splendido ordinarle di uscire e vederla andarsene, lei così bella, solo perché io gliel'avevo ordinato.

«Sammy non sta più qui. Se n'è andato».

Si sbagliava di grosso se credeva che mi interessasse sapere dov'era finito. Appoggiai i piedi sul tavolo e mi accesi una sigaretta.

«E come stanno gli altri tuoi amanti?» le domandai. Non avevo potuto trattenermi, ma mi pentii di averlo detto. Cercai di addolcire la frase con un sorriso. Gli angoli della sua bocca si curvarono con un certo sforzo.

«Non ho amanti» mi disse.

«Sicuro» commentai con una punta di sarcasmo. «È naturale, capisco. Scusa l'indiscrezione».

Rimase in silenzio per un attimo. Cominciai a fischiettare. «Perché sei così meschino?» osservò infine.

«Meschino?» ribattei. «Mia cara ragazza, sono un tipo pacifico, io. Non provo ostilità verso nessuno. E poi un grande scrittore non è mai meschino».

Mi guardò con aria di scherno. «Perché tu saresti un grande scrittore?»

«Questo non lo saprai mai».

Si morse il labbro inferiore, afferrandolo tra gli incisivi candidi, e fece scorrere lo sguardo dalla porta alla finestra, come una bestia in trappola. Poi sorrise. «È per questo che sono venuta».

Armeggiò con le buste che teneva in grembo e il movimento delle sue dita che sfioravano il corpo, quel loro avanzare e fermarsi, mi eccitò molto. Le buste erano due. Aprì la prima. Conteneva un manoscritto. Glielo presi dalle mani. Era un racconto scritto da Samuel Wiggins, Fermo Posta, San Juan California. Era intitolato *Coldwater Gatling* e cominciava così: "Coldwater Gatling non era a caccia di guai, ma non si poteva mai dire con i ladri di bestiame dell'Arizona. Erano tipi da cui era meglio stare alla larga. Ma anche se lui non era a caccia di guai, erano i guai, purtroppo, a dare la caccia a lui. Laggiù nell'Arizona non hanno molta simpatia per i Ranger del Texas, per cui Coldwater Gatling prima sparava e poi controllava chi aveva tolto di mezzo. È così che si faceva nello stato della stella solitaria, dove gli uomini sono uomini e le donne si adattano a cucinare senza far storie per i tipi dal grilletto facile come Coldwater Gatling, il cowboy più duro di tutti".

Questo era il primo paragrafo.

«Bella porcheria» commentai.

«Ma sta morendo».

«È un destino comune».

Aprii la seconda busta. Anche qui un manoscritto dello stesso tenore dell'altro. Scossi il capo. «Fa schifo».

«Lo so» disse. «Ma non potresti aiutarlo lo stesso? Ti darà la metà di quello che prenderà».

«Non ho bisogno di soldi. Guadagno abbastanza per conto mio».

Si alzò e mi appoggiò le mani sulle spalle. Abbassò il viso, alitandomi nelle narici il suo fiato dolce, con le pupille così dilatate che mi ci riflettevo come in uno specchio, e mi sentii delirare dal desiderio. «Fallo per me».

«Per te?» le dissi. «Be', per te sì».

Mi baciò. Bandini, il fantoccio. Un bacio umido e caldo in cambio dei futuri servizi. La scostai lentamente. «Non è necessario che mi baci. Farò quello che posso». Ma mi erano già venute in mente un paio di idee al proposito e, mentre lei si metteva il rossetto davanti allo specchio, sbirciai l'indirizzo sui manoscritti. San Juan, California. «Gli scriverò una lettera» le dissi. Mi guardò nello specchio, interrompendosi con il rossetto in mano e sorridendomi con aria di scherno. «Non è necessario» mi disse. «Posso tornare a ritirarli io».

Questo è quello che hai detto, Camilla, ma non sperare di imbrogliarmi perché sulla tua faccia sprezzante vedo impresso il ricordo di quella notte alla spiaggia e ti odio per questo. Dio, come ti odio!

«D'accordo» le dissi. «Forse è meglio così. Torna domani sera».

Anche se l'apparenza era seria, sentivo che nel suo intimo stava sogghignando. «A che ora devo venire?»

«A che ora esci dal lavoro?»

Si voltò, fece scattare la chiusura della borsetta e mi guardò. «Lo sai benissimo».

Sta' attenta, Camilla, sta' attenta.

«Vieni dopo il lavoro, allora».

Si avviò verso la porta e appoggiò la mano sulla maniglia.

«Buonanotte, Arturo».

«Ti accompagno».

«Non essere sciocco».

La porta si chiuse. Mi fermai in mezzo alla stanza e ascoltai il rumore dei suoi passi sulle scale. Ero conscio del mio pallore e provavo una cocente umiliazione. Persi ogni controllo, mi misi le mani nei capelli e li strappai, ululando, poi battei i pugni uno contro l'altro e mi aggirai per la stanza stringendomi forte con le mie stesse braccia, detestandola, lottando per dimenticarla, per cancellarla dalla coscienza e respirando a fatica, tale era l'intensità del mio odio.

Ciascuno aveva quel che si meritava e quel rottame laggiù nel deserto avrebbe avuto presto il fatto suo. Sta' attento, Sammy. Ti farò a pezzi, ti farò desiderare di essere morto e sepolto; ne uccide più la penna della spada, Sammy, ma la penna di Arturo Bandini è ancora più micidiale delle altre. Io ho avuto quel che mi spettava e ora tocca a te.

Mi sedetti a leggere i suoi racconti, segnando e postillando ogni paragrafo. Erano scritti male; un'opera prima goffa, vaga, incoerente, assurda. Rimasi lì seduto ore intere; fumando una sigaretta dopo l'altra e ridendo forte dei suoi sforzi, assaporandoli con gioia maligna, fregandomi le mani con soddisfatta perfidia. Ragazzi, l'avrei distrutto. Balzai in piedi e cominciai a saltellare per la stanza, tirando pugni all'aria: beccati questo, Sammy, e quest'altro. Di' un po', come ti pare questo gancio e questo dritto, allora? Zingro bingo, bang, biff, bum.

Mi voltai e notai sul letto la lieve concavità lasciata da Camilla, i contorni sensuali scavati dalle sue cosce nel soffice copriletto di ciniglia azzurra. E allora dimenticai Sammy e, pazzo di desiderio, mi gettai in ginocchio davanti a essa e la baciai con reverenza.

«Camilla, ti amo!»

Ma quando la sensazione perse di intensità fino a diventare un formicolìo indistinto, mi alzai, disgustato di me stesso, dello spregevole Arturo Bandini, di quel cane rognoso che ero.

Mi sedetti e con animo cupo mi accinsi a scrivere a Sammy.

Caro Sammy,
quella puttanella è stata qui stasera. Sai a chi alludo, Sammy: a quella messicana dal corpo splendido e dalla testa vuota. Mi ha lasciato due cosiddetti racconti, che, a quanto dice, sono opera tua. Mi ha detto anche che tra poco non sarai più dei nostri. È una situazione che, in circostanze normali, sarei disposto a definire tragica. Ma, dopo aver letto le idiozie contenute nei tuoi manoscritti, a nome del mondo intero ti dico subito che la tua dipartita non è altro che un bene. Sei negato, Sammy. Vuoi un consiglio? Concentrati sul compito di far ordine nella tua

anima prima di abbandonare questo mondo, che sospira di sollievo alla sola idea. Vorrei poterti dire che mi dispiace. Vorrei che anche tu, come me, potessi lasciare ai posteri un segno del tuo passaggio su questa terra. Ma poiché questo è ovviamente impossibile, tanto vale che ti ci adatti. Il destino è stato duro con te. Suppongo che anche tu, come molti altri, sarai felice dell'idea che tutto finisca in fretta e che la macchia di inchiostro che hai deposto non venga mai esaminata per il sottile. A nome di tutti gli uomini sensibili e civili insisto perché tu dia alle fiamme quest'ammasso di letame letterario e ti astenga, d'ora in poi, dal prendere in mano la penna. Lo stesso vale per la macchina da scrivere; persino la battitura è vergognosa. Se, tuttavia, ti ostinassi a perseguire i tuoi pietosi obiettivi, ti invito a mandarmi pure la tua pappa. Tutto sommato mi diverti, anche se non è merito tuo.

Bene, era fatta ed era devastante. Piegai i manoscritti, li ficcai con il biglietto in una grossa busta e la chiusi, indirizzandola a Samuel Wiggins, Fermo Posta, San Juan, California. Poi l'affrancai e me la ficcai nella tasca posteriore. Uscii e mi diressi alla cassetta delle lettere, giù all'angolo. Erano da poco passate le tre di un mattino incomparabile. Il blu e il bianco del cielo e delle stelle erano di una tale purezza, di una dolcezza così toccante che dovetti fermarmi, quasi stupito di tanta bellezza. Le foglie polverose delle palme erano immobili. Il silenzio era totale.

La mia parte migliore si destò e tutto quello a cui aspiravo negli oscuri recessi del mio essere affiorò in quel momento alla coscienza. Davanti a me c'era la muta tranquillità della natura, indifferente alla grande città; oltre queste strade, attorno a queste strade, c'era il deserto che attendeva che la città morisse per ricoprirla di nuovo con la sua sabbia senza tempo. Fui sopraffatto dalla consapevolezza del patetico destino dell'uomo, del terribile significato della sua presenza. Il deserto era lì come un bianco animale paziente, in attesa che gli uomini morissero e le civiltà vacillassero come fiammelle, prima di spegnersi del tutto. Intuii allora il coraggio dell'umanità e fui contento di farne parte. Il male del mondo non era più tale, ma diventava ai miei occhi un mezzo indispensabile per tenere lontano il deserto.

Guardai verso sud, in direzione delle grandi stelle, dove si stendeva il deserto di Santa Ana e pensai che laggiù, sotto quelle stelle, viveva un uomo che il deserto avrebbe inghiottito prima di me. Io avevo in mano qualcosa di suo, un'espressione della sua lotta contro l'implacabile silenzio al cui interno stava per essere scagliato. Poco importava cosa fosse — assassino, barista o scrittore — il suo destino era il destino di tutti, la sua fine era la mia fine e in quel momento, nella città di finestre chiuse, c'erano milioni di individui come lui e come me, indistinguibili l'uno dall'altro come fili di erba secca. Vivere era già abbastanza difficile, ma morire era un compito eroico. E Sammy sarebbe morto tra poco.

Appoggiai la testa alla cassetta delle lettere e rimasi lì a disperarmi per Sammy, per me stesso e per tutti i vivi e i morti. Perdonami, Sammy! Sono stato sciocco! Tornai in camera e passai tre ore a scrivere la migliore critica dei suoi lavori che mi riuscì di fare. Non stetti a sottolineare cosa c'era che non andava, ma gli dissi quello che, a mio giudizio, poteva essere modificato. Andai a dormire alle sei e mi abbandonai al sonno, sereno. Ero davvero un tipo straordinario! Un grand'uomo, gentile, delicato e in pace col mondo.

Quindici

Non rividi Camilla per una settimana. Nel frattempo ricevetti una lettera di Sammy che mi ringraziava delle correzioni. Sammy, il suo vero amore. Mi diede anche qualche consiglio su come trattare la piccola *spick*. Non era una cattiva ragazza, anzi, quando si spegneva la luce era proprio bravina ma sa qual è il suo guaio, signor Bandini? Il suo guaio è che lei non sa come prenderla. Lei è troppo gentile con quella ragazza. Lei non capisce le donne messicane. Non sono abituate a essere trattate come esseri umani. Se si è troppo gentili con loro, se ne approfittano.

Continuavo il mio lavoro, interrompendomi di tanto in tanto per rileggere la sua lettera. Era proprio quello che stavo facendo la sera che arrivò. Era circa mezzanotte quando entrò senza bussare.

«Salve» mi disse.

«Oh, la stupida» osservai.

«Stai lavorando?»

«Tu cosa ne dici?»

«Sei arrabbiato?»

«No» le dissi. «Solo disgustato».

«Ce l'hai con me?»

«Naturalmente. Guarda un po' come sei ridotta».

Il grembiule bianco che portava sotto la giacca era sporco, macchiato. Una delle calze si era allentata, adagiandosi in una serie di grinze attorno alla caviglia. Aveva la faccia stanca e del rossetto restavano poche tracce. Anche il soprabito aveva bisogno di una spazzolata. In compenso si era inerpicata su un paio di tacchi alti come trampoli.

«Ti dai tanto da fare per sembrare americana e poi vai in giro così» le dissi.

Andò allo specchio e si esaminò con aria intenta. «Sono stanca» si giustificò. «Ho avuto molto da fare stasera».

«Colpa delle scarpe» le dissi. «Non sono fatte per i tuoi piedi. E tutto quel trucco che ti metti in faccia... sembri la caricatura di un'americana. Hai l'aria sciatta. Se fossi messicano ti riempirei di botte. Sei una vergogna per il tuo popolo».

«Chi ti credi di essere per parlarmi così?» rispose. «Sono americana quanto te. Anzi, tu non lo sei affatto. Guarda il tuo colorito. È scuro come quello degli italiani. E anche i tuoi occhi sono neri».

«Marroni» precisai.

«Ma va! Sono neri, come i tuoi capelli».

«Marroni» insistei.

Si tolse il soprabito, si gettò sul letto e si infilò in bocca una sigaretta. Poi cominciò a frugarsi addosso in cerca di un fiammifero. Ce n'era una scatola sulla scrivania, accanto a me. Attese che glieli passassi.

«Hai le gambe, vieniteli a prendere».

Accese la sigaretta e aspirò qualche boccata in silenzio, con lo sguardo fisso al soffitto e al fumo che si levava in tranquille volute. C'era nebbia, fuori. Da lontano giunse il suono di una sirena della polizia.

«Stai pensando a Sammy?»

«Può darsi».

«Non occorre che resti se vuoi pensare a lui. Puoi anche andartene».

Spense la sigaretta schiacciandola con forza, quasi sbriciolandola. «Dio, se sei odioso» disse tra i denti. «Devi essere tremendamente infelice».

«Sei pazza!»

Si era sdraiata incrociando le caviglie. Sotto l'orlo del grembiule si intravedeva la cima delle calze arrotolate e qualche centimetro di pelle scura. I suoi capelli, sparsi sul cuscino, sembravano inchiostro uscito da una boccetta. Era stesa su un fianco e mi scrutava con la faccia semiaffondata nel cuscino. Mi sorrise, poi alzò la mano e agitò un dito in segno di rimprovero.

«Vieni qui, Arturo» mi disse con voce calda.

Feci un gesto di diniego.

«No, grazie. Sto bene dove sono».

Mi voltai a guardar fuori della finestra, sentendomi addosso il suo sguardo. Avrei potuto toccarla, prenderla tra le braccia. Sì, Arturo, bastava che tu ti alzassi e ti stendessi accanto a lei, ma la notte sulla spiaggia, il sonetto stracciato e il telegramma d'amore aleggiavano nella stanza come fantasmi.

«Hai paura?» mi disse.

«Di te?» e scoppiai a ridere.

«E invece sì».

«Non sai quello che dici».

Aprì le braccia e parve che mi si aprisse tutta, ma io non feci che sprofondare ancor più all'interno di me stesso, portando con me la sua immagine tenera e voluttuosa.

«Adesso ho da fare» le dissi. «Non vedi?» e appoggiai la mano sui fogli ammucchiati accanto alla macchina da scrivere.

«Però hai paura».

«E di che?»

«Di me».

«Sciocchezze». Silenzio.

«C'è qualcosa che non va in te» mi disse.

«Che cosa?»

«Sei frocio».

Mi alzai e mi parai davanti a lei.

«Non è vero» le dissi.

Ci sdraiammo assieme. Stava cercando di forzare la situazione con il suo disprezzo, la piega dura delle labbra, il suo sguardo di scherno, finché mi parve di essere diventato di legno, senza più sentimenti, se non il panico e la sensazione che lei fosse troppo bella per me, anzi, più bella e più salda di me. Mi rese estraneo a me stesso. Lei era come le notti calme e come gli alberi di eucalipto, le stelle del deserto, la terra e il cielo, e come la nebbia fuori, mentre io ero venuto lì con l'unico scopo di diventare uno scrittore, di arricchirmi, di farmi un nome e altre scemenze del genere. Lei era tanto più in gamba di me, tanto più onesta, che provai ribrezzo di me stesso e non riuscii a sostenere il suo sguardo. Cercai di reprimere il brivido che le sue braccia brune e le sue dita tra i capelli mi procuravano. Non la baciai, ma lei baciò me, che avevo scritto *Il cagnolino rise*. Poi mi prese la mano tra le sue, premette le labbra sulla palma, e poi se l'appoggiò tra i seni. Accostò la faccia alla mia e attese. A questo punto Arturo Bandini, il grande, romantico Bandini, celebre per la ricchezza del suo eloquio, pescò nel fondo della sua immaginazione e miagolò con voce flebile: «Ciao».

«Ciao?» ripeté lei con aria interrogativa.

«Ciao?» Poi scoppiò a ridere. «Be', come va?»

Oh, Arturo! Inventore di fiabe!

«Mica male» risposi.

E ora? Dov'erano finiti il desiderio e la passione?

Spariti, ma sarebbero tornati, ne ero certo, appena lei se ne fosse andata. Mio Dio, Arturo! Non puoi fare una cosa simile! Sforzati, cerca di essere all'altezza del tuo passato. Tieni alto il tuo nome. Sentii le sue mani che mi cercavano, e le mie che cercavano invece di scoraggiarle, imprigionandole in una morsa impaurita. Mi baciò ancora una volta e fu come se avesse appoggiato le labbra su un pezzo di arrosto freddo. Ero disperato.

Mi respinse lontano.

«Scostati» mi disse. «Lasciami andare».

Mi sentivo ardere dal disgusto e dall'umiliazione, e non volevo lasciarla. Mi aggrappai a lei, premendo la mia bocca fredda sulla sua. Si dibatté per liberarsi ma io rimasi lì, come irrigidito, nascondendo la faccia nell'incavo della sua spalla perché non mi vedesse. Poi sentii che il suo disprezzo si stava trasformando in odio e fu allora che cominciai a desiderarla. La abbracciai, supplicandola, e a ogni suo strattone il mio desiderio aumentava finché mi sentii invadere dalla felicità. Evviva, Arturo, gioia e forza, forza e gioia, che sensazione deliziosa, che esaltante soddisfazione sapere che ora, se volessi, potresti possederla. Ma la gioia della scoperta, la consapevolezza del mio potere mi bastavano e io allentai la stretta, le tolsi la mano dalla bocca e saltai giù dal letto.

Rimase lì a denti stretti, con gli angoli della bocca bianchi di saliva rappresa e la faccia contratta nel tentativo di reprimere un grido, ma poco importava, poteva gridare quanto voleva, perché Arturo Bandini non era un frocio, Arturo Bandini non aveva niente che non andava, anzi, aveva una carica sessuale degna di sei uomini e ora lo sapeva, se l'era sentita montare dentro. Era proprio un bel tipo, sicuro nello scrivere e potente nell'amare, corretto nelle parole e nelle azioni.

La scrutai mentre si rassettava il vestito e si alzava, ansimante e spaventata; la seguii con lo sguardo mentre andava allo specchio a guardarsi, come per accertarsi della sua identità.

«Sei un disgraziato» mi disse.

Mi sedetti e presi a rosicchiarmi un'unghia.

«Ti credevo diverso» soggiunse. «Non mi piacciono i bruti».

Un bruto... be', che lo pensasse pure, la cosa più importante era stata provare che potevo averla, quanto al resto non mi riguardava. Non ero solo un grande scrittore, ero anche qualcos'altro; ora non avevo più paura di lei e potevo guardarla dritto in faccia come un uomo guarda una donna. Se ne andò senza rivolgermi la parola. Io rimasi a sedere, immerso nel mio sogno, travolto da un'ondata di compiacimento: il mondo era grande e pieno di cose da afferrare. Ah, Los Angeles! Strade solitarie velate dalla nebbia e dalla polvere, io non sono più solo. E voi fantasmi che popolate questa stanza, un po' di pazienza e vi farò vedere. Si prenda pure il suo Sammy, con le sue storie insulse e la sua prosa putrida, vedrete quando io le concederò un piccolo assaggio! Perché capiterà, sicuro come c'è un Dio nel cielo.

Passò una settimana o forse due, non mi ricordo. Sapevo che sarebbe tornata, ma non la aspettavo. Vivevo la mia vita; scrivevo qualche pagina, leggevo qualche libro. Ma ero sereno perché sarebbe tornata. E sarebbe tornata di sera, perché per me era come un animale notturno. Non l'avevo mai vista di giorno e l'aspettavo come si aspetta la luna.

Una sera lei arrivò. Udii i vetri tintinnare, colpiti da una raffica di sassolini. Spalancai la finestra e me la vidi davanti, con un maglione sul grembiule bianco, che mi guardava con le labbra socchiuse.

«Cosa stai facendo?»

«Me ne sto qui seduto».

«Ce l'hai con me?»

«No. E tu?»

Scoppiò a ridere. «Un po'».

«Perché?»

«Sei cattivo».

Andammo a fare un giro in automobile. Mi chiese se sapevo sparare. Le dissi che non avevo mai provato. Entrammo in un tiro a segno sulla Main Street. Era un'esperta tiratrice. Conosceva il proprietario, un tipo con la giacca di cuoio. Non riuscii a colpire niente, nemmeno il bersaglio centrale. Era visibilmente seccata, anche perché era lei che pagava. Riusciva a colpire l'occhio del toro raffigurato nel bersaglio grande, tenendo il fucile sotto l'ascella. Io sparai una cinquantina di colpi, senza mai riuscire a prenderlo. Allora mi fece vedere come bisognava impugnare l'arma. Gliela strappai di mano, puntandola a casaccio qua e là. Il tipo con la giacca di cuoio si tuffò sotto il banco. «Ehi, fa' attenzione» strillò.

Ora non era più soltanto infastidita, ma visibilmente umiliata. Tirò fuori una moneta da cinquanta dalla tasca dove teneva le mance. «Provaci ancora» mi disse. «Questa volta, però, vedi di far centro o non sborso più un soldo». Appoggiai il fucile al banco, rifiutandomi di continuare. «Al diavolo» esclamai.

«È una signorina, Tim» disse lei. «Non sa far altro che scrivere poesie».

Tim, evidentemente, apprezzava solo quelli che sapevano tirare. Mi guardò con disprezzo, senza commentare. Io afferrai un Winchester a ripetizione, presi la mira e cominciai a sparare. Il grande bersaglio appeso a un palo, a una ventina di metri di distanza, non aveva nemmeno una scalfittura. La campanella che suonava quando l'occhio del toro veniva colpito, questa volta non aveva dato nemmeno uno squillo. Vuotai il caricatore, annusai l'aria, dove stagnava l'odore della polvere da sparo, e feci una smorfia. Tim e Camilla scoppiarono a ridere. Frattanto una piccola folla si era radunata sul marciapiede e quelli che la componevano mostravano chiaramente di condividere il disprezzo di Camilla. Lei si voltò, vide tutta quella gente e arrossì. Si vergognava di me; era seccata e mortificata. Sottovoce mi disse che era ora di andarcene. Si fece largo tra la folla, camminando svelta e precedendomi di un paio di metri. Io la seguii senza affrettarmi. E allora, chi se ne frega se non sono capace di usare il maledetto fucile, chi se ne frega se quei gonzi ridono o se lei ride?

Non c'era uno di quei maiali, di quei bastardi dal sorriso ebete che affollavano la Main Street, che fosse capace di scrivere un racconto come *Le colline perdute*. Già, nessuno di loro ci sarebbe mai riuscito! Al diavolo loro e il loro disprezzo!

La macchina era parcheggiata davanti a un caffè. Quando la raggiunsi, lei aveva già avviato il motore. Non aspettò nemmeno che fossi seduto. Senza smettere di ghignare, mi lanciò una rapida occhiata e lasciò andare la frizione. Fui scaraventato all'indietro contro il sedile e poi in avanti, contro il parabrezza. Eravamo incastrati tra due auto. Prima urtò quella davanti, poi quella dietro, tanto per farmi sapere che razza di idiota fossi. Quando finalmente si scostò dal marciapiede e si avviò lungo la strada, sospirai e mi appoggiai allo schienale.

«È finita, per fortuna» commentai.

«Chiudi il becco» ringhiò.

«Senti un po'» le dissi. «Se ce l'hai con me, puoi anche farmi scendere».

Per tutta risposta premette l'acceleratore, lanciando l'auto nel traffico. Mi aggrappai al sedile, meditando di saltar giù. Finalmente raggiungemmo una zona industriale relativamente tranquilla nella parte est della città, a un paio di chilometri da Bunker Hill. Lei accostò al marciapiede e si fermò. Accanto a noi c'era un basso steccato nero, al di là del quale si scorgevano cataste di tubi di acciaio.

«Perché qui?» le domandai.

«Non volevi camminare?» mi rispose. «Bene, scendi e cammina».

«Ci ho ripensato».

«Scendi» mi ordinò. «Non sto scherzando. Anche un bambino saprebbe tirare meglio di te! Avanti, scendi!»

Tirai fuori le sigarette e gliene offrii una.

«Perché non ne parliamo?» le proposi.

Mi strappò di mano il pacchetto di sigarette e lo buttò per terra, guardandomi con espressione di sfida. «Ti odio» mi disse. «Dio, come ti odio!»

Raccolsi le sigarette. La notte e le strade deserte fremevano di odio riflesso, ma io la capivo. Lei non odiava Arturo Bandini. Odiava il fatto che lui fosse quello che era. Avrebbe voluto amarlo, ma non poteva. In realtà avrebbe voluto che lui fosse come Sammy: quieto, taciturno, cupo. Bravo tiratore e bravo barista che l'accettava com'era. Smontai dall'auto, sogghignando, perché sapevo che così l'avrei ferita.

«Ciao» le dissi. «Mi va di fare quattro passi. È una bella nottata».

«Spero che tu non ci arrivi. Spero che domattina ti trovino morto in mezzo alla strada».

«Vedrò quello che posso fare».

Mentre ripartiva, sentii come un singhiozzo, un grido di dolore. Una cosa era certa: Arturo Bandini non era il tipo giusto per Camilla Lopez.

Sedici

I giorni buoni, i giorni fruttuosi, le pagine che si accumulano una sull'altra; giorni prosperi, pieni di cose da dire, la storia di Vera Rivken si snoda attraverso i fogli. Sono felice. È un periodo straordinario, ho pagato l'affitto e mi sono rimasti cinquanta dollari; non faccio altro che scrivere e pensare a cosa devo scrivere, giorno e notte. Ah, che dolcezza, vederlo crescere e occuparmi di lui, il mio libro, me stesso. Forse è importante, forse durerà nei secoli, ma soprattutto è mio, dell'indomito Arturo Bandini, alle prese con il suo primo romanzo.

Una sera. Non sapevo cosa fare, l'anima che si è bagnata nelle parole è fresca, i piedi poggiano solidi sulla terra. Cosa faranno gli altri, tutta la gente che è al mondo? Decido di andare da lei.

Ero lì, come ai vecchi tempi, e i nostri occhi si cercavano, ma lei era cambiata, era smagrita e aveva il viso tirato, con due sfoghi agli angoli della bocca. Ci scambiammo un sorriso educato. Le allungai la mancia e lei mi ringraziò. Infilai nel juke-box qualche moneta, scegliendo le canzoni che preferiva. Ma lei aveva smesso di danzare mentre camminava e non mi lanciava più le occhiate di prima. Forse era per via di Sammy, forse quel tipo le mancava.

«Come sta?» le domandai.

Si strinse nelle spalle: «Bene, penso».
«Non vi vedete più?»
«Sì, certo».
«Non ti senti bene?»
«Mi sento benissimo».
Mi alzai. «Be', devo andare. Volevo solo vedere come stavi».
«Molto gentile da parte tua».
«Figurati. Vieni a trovarmi qualche volta».
Sorrise. «Chissà».

Cara Camilla, sei venuta finalmente. Hai lanciato dei sassolini contro il vetro della finestra e io ti ho aiutata a entrare. Il tuo alito sapeva di whisky e ti sono rimasto a guardare sorpreso mentre, seduta alla macchina da scrivere e leggermente ubriaca, giocherellavi con i tasti, ridacchiando. Poi ti sei voltata e la luce ha illuminato il tuo viso, il labbro inferiore gonfio, l'ombra violacea attorno al tuo occhio sinistro.

«Chi è stato?» ti ho chiesto. E tu mi hai risposto: «Un incidente d'auto». «Guidava Sammy, per caso?» Ti sei messa a piangere, sbronza e disperata. Allora sono riuscito a toccarti senza fremere dal desiderio. Sono riuscito a distendermi accanto a te sul letto, a tenerti tra le braccia e ad ascoltarti mentre mi dicevi che Sammy ti odiava, che eri andata a trovarlo nel deserto dopo il lavoro e che lui ti aveva preso a pugni perché l'avevi svegliato alle tre del mattino.

«Ma perché vai a trovarlo?» ti ho chiesto.

«Perché lo amo».

Hai tirato fuori una bottiglia dalla borsa e abbiamo bevuto a turno, prima tu e poi io. Quando è finita, sono andato fuori a comprarne un'altra. Per tutta la notte abbiamo bevuto e pianto, e da sbronzo sono riuscito a dirti quello che mi si agitava nel cuore, tutte le parole dolci e i sorrisi complici che avevo accumulato, tanto eri troppo intenta a soffrire per quell'altro per sentire quello che ti dicevo, ma lo sentivo io, e Arturo Bandini era particolarmente in forma quella sera, perché si rivolgeva al suo grande amore, al suo vero grande amore, che non eravate né tu né Vera Rivken. Le cose che ti ho detto quella notte non erano niente male, Camilla. Inginocchiato sul letto, accanto a te, ti ho preso la mano e ti ho detto: «Ah, Camilla, ragazza perduta! Apri le tue lunghe dita e ridammi la mia anima stanca! Baciami perché ho fame del pane delle colline messicane. Respira la fragranza di città lontane con le narici frementi e lasciami morire qui, con la mano sul morbido contorno della tua gola, bianca come le deserte spiagge del Sud. Accogli il mio desiderio nei tuoi occhi inquieti e nutri con esso le rondini solitarie che volano sui campi d'autunno, perché ti amo, Camilla, e il tuo nome è sacro come quello della principessa che morì sorridendo per un amore non ricambiato».

Ero ubriaco quella notte, Camilla, ubriaco di whisky da settantotto cent, e anche tu eri ubriaca di whisky e dolore. Ricordo che, dopo aver spento la luce, ti ho tenuto tra le braccia, tutto nudo a eccezione di un'inspiegabile scarpa, e mi sono addormentato sereno tra i tuoi singhiozzi, infastidito solo dalle lacrime calde che mi cadevano sulle labbra, lacrime salate che mi ricordavano Sammy e il suo orrendo manoscritto. Aveva avuto un bel coraggio a pestarti, quell'idiota! Persino la sua punteggiatura lasciava a desiderare!

Ci siamo svegliati che era già mattina, disgustati entrambi; il tuo labbro gonfio era più grottesco che mai e l'occhio aveva assunto delle sfumature verdastre. Ti sei alzata e, vacillando, sei andata a lavarti la faccia. Ti ho udito mugolare. Ti ho guardato mentre ti vestivi.

Ho sentito il tuo bacio sulla fronte e anche questo mi ha disgustato. Poi hai scavalcato il davanzale e ti sei arrampicata su per il pendio, facendo frusciare l'erba e spezzando dei piccoli ramoscelli sotto i tuoi passi incerti.

Sto cercando di ricostruire gli avvenimenti in ordine di tempo. Inverno, primavera o estate, i giorni scorrevano uguali. Solo la notte ci permetteva di stabilire la fine di un giorno e l'inizio di un altro. Avevo già scritto duecentoquaranta pagine ed ero vicino a finire. Ormai navigavo tranquillo in acque calme. Il mio libro avrebbe veleggiato fino a Hackmuth, e a questo punto sarebbero cominciate le mie sofferenze.

Fu più o meno in quel periodo che andammo a Terminal Island, Camilla e io. Un'isola artificiale, un lungo dito di terra puntato verso Catalina. Conservifici e puzza di pesce, case scure piene di bambini giapponesi, tratti di sabbia bianca interrotti da lunghe gettate di cemento nero e, nelle strade, ragazzi giapponesi che giocavano a calcio. Era nervosa, aveva bevuto troppo, e i suoi occhi avevano la fissità un po' irosa di quelli di un pollo. Parcheggiammo la macchina sulla strada maestra e percorremmo a piedi un centinaio di metri, fino alla spiaggia. Sulla riva c'erano degli scogli, dei pietroni aguzzi pullulanti di granchi. Se la vedevano brutta, i granchi, perché erano stati presi di mira dai gabbiani, i quali stridevano, li ghermivano e se li rubavano a vicenda. Ci sedemmo sulla sabbia e ci mettemmo a osservare la scena. Camilla disse che i gabbiani erano molto belli.

«Io li odio» osservai.

«Già!» disse. «Tu odi tutto».

«Ma guardali un po'» insistei. «Perché se la pigliano con quei poveri granchi, che non hanno fatto niente di male? Perché li assediano a quel modo?»

«I granchi mi fanno schifo».

«E a me fanno schifo i gabbiani. Mangiano di tutto e più la roba è marcia, meglio è».

«Se stessi zitto qualche volta! Rovini sempre tutto. Cosa mi importa di quello che mangiano?»

In strada, i ragazzini giapponesi erano impegnati in una vera partita. Erano tutti sotto i dodici anni. Uno di loro era un mediano niente male. Voltai le spalle al mare e mi misi a osservare il gioco. Il mediano niente male aveva appena passato la palla a uno dei compagni. La cosa si stava facendo interessante. Mi alzai.

«Guarda il mare» mi disse Camilla. «Voi scrittori non dovreste ammirare le cose belle?»

«Ho appena visto un bel passaggio, infatti» le dissi.

Il labbro si era sgonfiato, ma la pelle attorno all'occhio non aveva ancora ripreso il suo colore naturale. «Venivo qui molto spesso» osservò. «Quasi tutte le notti».

«Con l'altro scrittore, suppongo. Quello vero, Sammy il genio».

«Gli piaceva, qui».

«È proprio un grande scrittore. La storia che ha scritto sul tuo occhio sinistro è un capolavoro».

«Lui non parla a vanvera come te. È anche capace di stare zitto».

«L'idiota!»

Stavamo per litigare. Decisi di evitarlo. Mi alzai e mi incamminai verso i ragazzini che giocavano. Mi domandò dove stessi andando. «A giocare un po'». Era indignata. «Con quei musi gialli?» Mi avviai, arrancando nella sabbia.

«Ricordati di quello che è successo la notte scorsa!» mi gridò dietro.

Mi voltai. «A cosa alludi?»

«Hai dovuto tornartene a casa a piedi».

«E allora?» osservai. «L'autobus è uno dei mezzi di trasporto più sicuri».

I ragazzini non mi lasciarono partecipare al gioco perché erano in numero sufficiente, ma mi permisero di arbitrare per un po'. Poi la squadra del mediano niente male si ritrovò talmente in vantaggio, che decisero di farmi entrare nell'altra. Quelli che giocavano con me volevano fare tutti il terzino e la confusione era al massimo. Fui messo a giocare come centrattacco, anche se la cosa non mi andava molto perché non ero mai stato molto abile a ricevere i passaggi. Finalmente il capitano mi spostò in posizione più arretrata e a quel punto cominciai a divertirmi. Camilla se ne andò quasi immediatamente. Giocammo fino a sera e fummo sconfitti di stretta misura. Tornai a Los Angeles in autobus.

Decisi di non vederla più, ma fu inutile. Due giorni dopo la nostra gita a Terminal Island ero andato al cinema. Era mezzanotte passata quando discesi le scale che portavano alla mia stanza. Cercai di aprire, ma la porta era chiusa dall'interno. «Un attimo, Arturo» la sentii gridare. «Sono io».

L'attimo durò parecchio, cinque o sei volte più del normale. Dalla stanza proveniva uno strano tramestìo. La udii sbattere la porta dell'armadio e poi aprire i vetri della finestra. Mentre scuotevo la maniglia, spalancò la porta e mi si parò davanti, ansimante. I suoi occhi parevano carboni ardenti, le guance erano arrossate e sembrava animata da una gioia intensa. Fui quasi spaventato di fronte al suo cambiamento, alle palpebre che si spalancavano e si chiudevano rapidamente, al balenare del sorriso umido, ai denti vivi e lucidi di saliva

«Come mai sei qui?» le dissi.

Mi buttò le braccia al collo, baciandomi con un trasporto che non aveva niente di autentico. Le sue effusioni mi sbarravano il cammino. Capii che mi stava nascondendo qualcosa, che cercava di ritardare il mio ingresso nella stanza. Sbirciai all'interno al di sopra della sua spalla. Sul cuscino era rimasta l'orma della sua testa. Il suo soprabito era buttato sulla sedia e la toeletta era ingombra di forcine e pettinini. Sembrava tutto a posto, tranne i due scendiletto rossi, che non erano più ai due lati del letto, dove mi piaceva trovarli al mattino, quando mi alzavo.

Mi liberai dal suo abbraccio e guardai verso l'armadio. A questo punto lei si mise a respirare affannosamente, indietreggiando verso la porta e appoggiandosi contro a braccia aperte, come per difenderla. «Non aprire, Arturo!» mi implorò. «Ti prego, non farlo!»

«Cosa diavolo significa?»

Ebbe un tremito. Si inumidì le labbra e deglutì. Gli

occhi le si riempirono di lacrime e scoppiò a piangere, sorridendo al tempo stesso. «Un giorno o l'altro te lo spiegherò. Ma ora non entrare. Ti prego!»

«Chi c'è lì dentro?»

«Nessuno» rispose, quasi gridando. «Davvero. Non si tratta di questo. Ma non aprire, ti scongiuro».

Mi si avvicinò barcollando, con le braccia protese in un abbraccio che era ancora un modo di difendere l'armadio da ogni mia intrusione. Dischiuse le labbra e mi baciò con particolare ardore, che era insieme freddezza appassionata e voluttuosa indifferenza. Ero perplesso. Si comportava come se avesse voluto nascondere una parte di sé, non sapevo cosa. Mi sedetti sul letto e la guardai. Era in piedi, tra me e la porta dell'armadio. Sembrava in preda a una strana esaltazione, che cercava invano di reprimere.

«Sei ubriaca, Camilla. Dovresti smetterla di bere così tanto».

La prontezza con cui accettò la mia accusa mi insospettì. Annuì come una bambina viziata, con un timido sorriso di assenso, le labbra imbronciate e gli occhi bassi. Mi alzai e la baciai. Sembrava ubriaca, ma non doveva aver bevuto perché il suo alito non sapeva di whisky. La attirai sul letto accanto a me. Aveva negli occhi un'espressione estatica e mi cinse il collo, sfiorandomi la gola con le dita in un gesto di appassionato languore. Appoggiò la bocca ai miei capelli e mugolò piano.

«Se solo fossi lui» sussurrò. Tutt'a un tratto si mise a gridare, lanciando uno strillo acuto che lacerò le pareti della stanza. «Perché non sei lui? Oh, Cristo, perché non puoi essere lui?» Cominciò a tempestarmi la testa di pugni, a destra e a sinistra, urlando e graffiandomi, in un accesso di collera contro il destino che non mi trasformava nel suo Sammy. La afferrai per i polsi, gridandole di smetterla. Le tenni ferme le braccia e le tappai con una mano la bocca urlante. Mi guardò con gli occhi gonfi e sporgenti, cercando di riprendere fiato. «Me ne vado solo se prometti di stare zitta» le dissi. Lei annuì e io la lasciai andare. Andai alla porta per sentire se stava arrivando qualcuno. Lei era distesa bocconi sul letto, e piangeva. Mi avvicinai in silenzio alla porta dell'armadio. Avvertita dall'istinto, si girò di scatto con la faccia inondata di lacrime e gli occhi simili a due acini d'uva schiacciati.

«Se apri la porta mi metto a urlare» mi disse. «E stavolta non riuscirai a farmi smettere».

Dovevo evitarlo a tutti i costi. Mi strinsi nelle spalle. Lei riprese la posizione di prima e si rimise a piangere. Tra poco le lacrime si sarebbero esaurite e io l'avrei rispedita a casa. Ma non andò così. Passò mezz'ora e stava ancora piangendo. Mi chinai e le accarezzai i capelli. «Che cosa vuoi, Camilla?»

«Voglio lui» disse tra i singhiozzi. «Voglio andare a trovarlo».

«Adesso? Ma sono più di duecento chilometri».

Avrebbero potuto essere mille o un milione, ma lei voleva vederlo lo stesso. Che ci andasse pure, erano fatti suoi. Aveva la macchina e poteva arrivarvi in cinque ore.

«Vieni anche tu» insisté, senza smettere di singhiozzare «Lui si rifiuta di vedermi, ma tu gli sei simpatico».

«Non ci penso nemmeno. Io me ne vado a letto».

Lei mi implorò. Si inginocchiò davanti a me, attaccandosi alle mie gambe e guardandomi con occhi supplichevoli. Lo amava tanto, un grande scrittore come me non poteva non capire; ma non potevo nemmeno pensare che andasse laggiù da sola, e si toccò l'occhio pesto. Sammy non l'avrebbe cacciata se io l'avessi accompagnata. Anzi, le sarebbe stato grato per avermi portato, e io e lui avremmo potuto parlare, perché c'erano un sacco di cose che potevo insegnargli. La guardai stringendo i denti, deciso a non lasciarmi smuovere, ma poi finii per farmi impietosire e acconsentii ad accompagnarla, contagiato dal suo pianto. La aiutai ad alzarsi, le asciugai gli occhi, le scostai i capelli dal viso sentendomi responsabile per quello che sarebbe potuto succederle. Salimmo le scale in silenzio, attraversammo la hall e uscimmo in strada, dov'era parcheggiata la sua macchina.

Ci dirigemmo verso sud-est. Guidavamo a turno. All'alba arrivammo in una zona di grigia desolazione, disseminata di cactus e di sterpi, un deserto povero di sabbia, ma costellato di pietre e segnato da collinette basse. A un certo punto abbandonammo la strada principale e imboccammo una pista in disuso, ingombra di ciottoli. La strada saliva e scendeva, seguendo il ritmo incessante delle colline. Era ormai giorno quando arrivammo in una zona dove il terreno era inciso da canyon profondi e da burroni, una trentina di chilometri verso l'interno del deserto. Camilla mi indicò una baracca quadrata ai piedi di tre colline ripide. Era lì che viveva Sammy. La baracca si trovava ai bordi di una pianura sabbiosa che si stendeva a perdita d'occhio, verso est.

Eravamo stanchi e indolenziti per i continui sobbalzi della Ford. Faceva molto freddo. Ci fermammo a circa duecento metri dalla casa e ci avviammo lungo un sentiero sassoso. Arrivato alla porta, mi fermai. All'interno qualcuno russava sonoramente. Camilla si fece in disparte, stringendosi con le braccia per proteggersi dal freddo. Bussai e ottenni in risposta un grugnito. Bussai di nuovo e finalmente udii la voce di Sammy. «Se sei tu, sporca messicana, questa volta ti butto giù i denti».

Venne ad aprire e io mi vidi davanti la sua faccia appesantita dal sonno, con gli occhi annebbiati e i capelli che gli ricadevano arruffati sulla fronte. «Salve, Sammy».

«Oh» esclamò. «Credevo che fosse lei».

«È qui con me» gli dissi.

«Dille di andarsene. Non la voglio tra i piedi».

Lei si era addossata alla parete della baracca e sorrideva, cercando di nascondere il suo imbarazzo. Il freddo era tale che tutti e tre stavamo battendo i denti. Sammy spalancò la porta. «Entra pure» mi disse. «Lei resta fuori».

Entrai. Era buio pesto. Nella baracca stagnava un odore stantìo di biancheria sporca e di malattia. Un filo di luce proveniva da una fessura nel sacco che copriva la finestra. Prima che potessi fermarlo, Sammy aveva sprangato la porta.

Indossava un paio di mutande lunghe. Il pavimento, in terra battuta, era polveroso e freddo. Strappò il sacco dalla finestra facendo entrare la luce dell'alba. Il fiato formava nuvole di vapore nell'aria fredda.

«Al diavolo, Sammy. Falla entrare» gli dissi.

«No. Quella troia resta fuori».

Era lì in piedi, con le ginocchia e i gomiti incrostati di sudiciume, alto, emaciato, più cadavere che uomo, e tanto abbronzato da sembrare quasi un negro. Si avvicinò a una stufa a carbone e si diede da fare per accenderla. Poi riprese a parlare con voce più pacata. «Ho scritto un altro racconto la settimana scorsa. Questa volta mi sembra buono. Vorrei che lo leggessi».

«Va bene» gli dissi. «Ma accidenti, Sammy, àprile. È una mia amica».

«Bah» commentò. «È una stronza. È matta come un cavallo e non fa che combinarti guai».

«Falla entrare, comunque. Fa freddo là fuori».

Aprì la porta e sporse la testa.

«Ehi, tu!»

Udii Camilla che cercava di frenare i singhiozzi. «Sì, Sammy».

«Non startene lì come un'idiota» le disse. «Vuoi entrare, sì o no?»

Lei entrò, simile a una cerbiatta spaventata, mentre lui tornava alla stufa. «Mi sembrava di averti detto che non ti volevo più tra i piedi» le disse.

«Sono venuta ad accompagnare Arturo» si giustificò. «Voleva parlarti dei tuoi racconti. Vero, Arturo?»

«Sicuro».

Mi sembrava totalmente estranea. La sua fierezza era svanita, lasciandola come dissanguata. Se ne stava in disparte, senza spirito né volontà, con le spalle curve e la testa china, come se il collo non avesse la forza di reggerla.

«Ehi, tu» l'apostrofò Sammy. «Va' a prendere un po' di legna».

«Ci vado io» intervenni.

«Lascia andare lei. Sa dove trovarla».

La guardai sgusciare fuori. Poco dopo era di ritorno, con le braccia cariche. Depose la legna in una cassetta accanto alla stufa e, senza dire una parola, la inserì all'interno, un pezzo alla volta. Sammy si era seduto su una cassetta, all'altro lato della baracca, e si stava infilando le calze. Si era messo a parlare dei suoi racconti e non accennava a smettere. Camilla se ne stava accanto alla stufa con aria malinconica.

«Ehi, tu» le ordinò lui. «Fa' il caffè».

Lei obbedì e poi ce lo servì in tazze di stagno. Sammy, ritemprato dal sonno, era pieno di entusiasmo e di curiosità. Il calore della stufa mi precipitò in una specie di torpore, tanto che stentavo a tenere gli occhi aperti. Frattanto Camilla si muoveva per la baracca, rassettando. Scopò per terra, lavò i piatti, rifece il letto, appese gli indumenti abbandonati in giro; insomma, non smise un attimo di lavorare. Più Sammy parlava, più diventava cordiale. La cosa che lo interessava maggiormente era il lato finanziario della professione di scrittore. Si informò su quanto pagava questa rivista e quanto quella, e affermò di essere convinto che, in campo letterario, riusciva solo chi aveva le conoscenze giuste. Solo chi aveva un fratello, un cugino o un amico in una casa editrice poteva sperare di veder pubblicato un proprio racconto. Inutile cercare di dissuaderlo e io non mi ci provai nemmeno, tanto più che questo suo modo di ragionare era tipico di chi non sapeva scrivere.

Camilla ci preparò la colazione, frittelle di grano, uova e pancetta, che mangiammo tenendo i piatti sulle ginocchia. Sammy divorò tutto con l'appetito caratteristico dei malati del suo tipo. Dopo il pasto, Camilla raccolse i piatti di stagno e li lavò. Poi mangiò anche lei, seduta in un angolo; solo il tintinnare della forchetta contro il piatto segnalava la sua presenza. Per tutta quell'interminabile mattina, Sammy non smise un attimo di parlare. In realtà non aveva alcun bisogno di consigli. Attraverso la nebbia della stanchezza lo sentii sentenziare su cosa era bene fare e cosa no. A un certo punto non riuscii più a resistere e lo pregai di scusarmi. Mi condusse sotto un riparo fatto di foglie di palma. Il sole era alto e l'aria calda. Mi distesi nell'amaca e mi addormentai. L'ultima cosa che vidi prima di chiudere gli occhi fu Camilla china sopra una tinozza piena di acqua scura e di indumenti.

Sei ore dopo mi svegliò per dirmi che erano le due e che dovevamo ripartire. Doveva essere al Columbia Buffet alle sette. Le chiesi se aveva dormito. Scosse il capo in segno di diniego. Il suo viso era il ritratto dell'infelicità e della stanchezza. Scesi dall'amaca e mi stirai nella calda aria del deserto. I miei abiti erano fradici di sudore, ma io mi sentivo riposato.

«Dov'è il genio?» le domandai.

Accennò con la testa in direzione della baracca. Mi avvicinai verso la porta, chinandomi per oltrepassare una fila di panni stesi. «L'hai lavata tu, tutta questa roba?» le domandai. «C'è voluto poco» mi rispose, sorridendo.

Nella baracca si sentiva russare. Sbirciai all'interno e vidi Sammy disteso sul letto, seminudo, con la bocca aperta e a gambe larghe. Mi allontanai senza far rumore. «Approfittiamone per andarcene» le dissi.

Lei entrò e si avvicinò in punta di piedi al letto. Dalla soglia la vidi chinarsi su di lui, come per esaminarlo. Stava per dargli un bacio, quando lui si svegliò. «Fuori dai piedi» le disse.

Lei si voltò e uscì. Tornammo a Los Angeles senza scambiarci una parola. Persino quando scesi davanti al mio albergo ci limitammo a sorriderci, lei in segno di ringraziamento e io per dimostrarle la mia comprensione. Il cielo era già buio; solo una sbavatura rosata indugiava ancora a occidente. Scesi in camera mia, sbadigliai e mi gettai sul letto. In quel momento mi ricordai dell'armadio. Mi alzai e andai ad aprirlo. Tutto era a posto, gli abiti appesi agli ometti, le valigie sul ripiano. Non c'era la luce dentro, così accesi un fiammifero e guardai per terra. In un angolo vidi alcuni granelli scuri, simili a del caffè macinato grosso. Vi premetti sopra un dito e li assaggiai con la punta della lingua. Nessun dubbio, era marijuana. Una volta Benny Cohen me l'aveva fatta vedere, mettendomi in guardia dal prenderla. Adesso sapevo perché era stata qui. Bisogna chiudersi in un locale a prova d'aria per fumarla. Ecco perché gli scendiletto erano stati spostati; se n'era servita per tappare la fessura sotto la porta.

Camilla si drogava. Annusai l'aria all'interno dell'armadio e i vestiti appesi. Si sentiva ancora un lieve odore di granturco bruciato. Camilla, la drogata.

Non erano affari miei, ma lei era Camilla. Si era presa gioco di me, mi aveva imbrogliato e per giunta era innamorata di un altro, ma era bella, molto bella, e io avevo bisogno di lei. Decisi quindi di farli diventare affari miei e quella sera mi infilai nella sua auto ad aspettarla.

«E così ti droghi» le dissi.

«Solo ogni tanto» obiettò. «Quando sono stanca».

«Devi smetterla».

«Non è mica un'abitudine».

«Comunque la devi piantare».

Si strinse nelle spalle. «A me va bene così».

«Promettimi che la farai finita».

Si fece una croce in corrispondenza del cuore. «Che io

possa morire all'istante». Ma stava parlando ad Arturo, non a Sammy, e io sapevo che non avrebbe mantenuto la promessa. Mise in moto, poi si avviò lungo Broadway fino all'Ottava, dove svoltò, diretta alla Central Avenue. «Dove andiamo?» le dissi.

«Adesso vedrai».

Imboccammo la Black Belt di Los Angeles, Central Avenue, una via di night club, case abbandonate ed edifici cadenti, dove i neri morivano di fame e i bianchi venivano a spassarsela. Ci fermammo sotto l'insegna di un locale notturno, il Club Cuba. Camilla conosceva il portiere, un gigante che indossava un'uniforme blu con i bottoni d'oro. «Affari» gli disse. Lui sogghignò, fece cenno a qualcuno di prendere il suo posto e saltò sul predellino. Tutto si era svolto come se si trattasse di una consuetudine.

Lei girò l'angolo e continuò per un paio di isolati, finché arrivammo a un vicolo. Lo imboccò, spense le luci e proseguì lentamente nel buio più totale. Arrivata a una specie di apertura, spense il motore. Il gigante nero saltò giù dal predellino, estrasse una lampadina tascabile e ci fece cenno di seguirlo. «Posso chiederti cosa diavolo sta succedendo?» le dissi.

Varcammo una porta. Il negro ci precedeva, tenendo per mano Camilla, la quale a sua volta teneva me. Percorremmo un lungo corridoio con il pavimento in legno. L'eco dei nostri piedi si levò verso i piani superiori, come il rumore di un gruppo di uccelli spaventati. Salimmo tre rampe di scale e ci inoltrammo in un altro corridoio, in fondo al quale c'era una porta. Il negro l'aprì, ma io non vidi altro che buio. Entrammo.

La stanza era piena di fumo; non lo si vedeva, ma mi

assalì, penetrandomi in gola e soffocandomi. Inghiottii, cercando di riprendere fiato. Poi il negro accese la sua lampadina tascabile.

Il fascio di luce perlustrò la stanza. Era piccola e zeppa di corpi, corpi di negri, uomini e donne, sdraiati per terra o su un letto, costituito da una rete con un materasso appoggiato sopra. Alla luce della lampadina vidi i loro occhi, spalancati e opachi come ostriche, e, man mano che mi abituavo al fumo, scorsi tutt'attorno dei puntini incandescenti. Fumavano tutti marijuana, al buio e in silenzio, lo capivo dall'odore pungente che mi feriva i polmoni. Il negro buttò giù dal letto i suoi occupanti, scaraventandoli per terra come dei sacchi di farina, e si mise a frugare in uno squarcio del materasso. Quando si rialzò, aveva in mano una scatola di tabacco Prince Albert. Riaprì la porta e ci precedette giù per le scale buie fino alla macchina. Qui porse la scatola a Camilla, che gli diede due dollari. Lo lasciammo davanti al night, dove riprese le funzioni di portiere, e riprendemmo la Central Avenue diretti in centro.

Ero senza parole. Ci fermammo davanti a casa sua, in Temple Street. Era un edificio cadente, una casa di legno riarsa dal sole e agonizzante. Lei viveva lì, in un appartamento. Dentro c'era un letto pieghevole, una radio e un divano azzurro, sporco e troppo imbottito. La moquette era impolverata e cosparsa di briciole e in un angolo era stato buttato un rotocalco. I piani dei mobili erano ingombri di bambole di pezza, ricordo di notti di festa passate in qualche località marina. Appoggiata a una parete c'era una bicicletta, le cui gomme sgonfie indicavano che non veniva usata da tempo. Agli altri angoli c'erano una canna da pesca con la lenza tutta aggrovigliata e un fucile polveroso. Sotto il divano una mazza da baseball e tra i cuscini della poltrona era stata abbandonata una Bibbia. Il letto era disfatto e le lenzuola sporche. Alle pareti qualche riproduzione, tra cui quella di un capo indiano che salutava il cielo.

Andai in cucina: dal lavandino saliva un odore di acqua marcia e sui fornelli c'era una padella piena di grasso rappreso. Aprii il frigo: non conteneva altro che una scatola di latte condensato e un panetto di burro. Lo sportello del ghiaccio non si chiudeva, ma non c'era da stupirsi. Guardai nell'armadio dietro il letto e vidi un mucchio di abiti accatastati sul fondo. Le grucce erano tutte vuote, tranne una, da cui pendeva un cappello di paglia, ridicolmente solo.

Era qui che viveva! E c'ero anch'io ora, e camminavo dove aveva camminato lei, toccavo le cose che aveva toccato lei e respiravo la stessa aria. Me l'ero immaginata così, la sua casa. Avrei potuto riconoscerla anche a occhi chiusi, perché era impregnata del suo odore e recava i segni della sua esistenza febbrile, che la rendevano parte di un progetto senza speranza. Un appartamento a Temple Street, una casa a Los Angeles. Lei apparteneva alle terre ondulate, ai deserti sconfinati, agli alti picchi, avrebbe devastato qualsiasi abitazione, non sarebbe mai riuscita ad adattarsi a una minuscola prigione come quella. E io l'avevo sempre saputo. Questa era la sua casa, la sua rovina, il suo sogno infranto.

Si tolse il soprabito e si buttò sul divano, dove rimase a fissare con aria cupa la moquette da quattro soldi. Mi sedetti in poltrona, accesi una sigaretta e lasciai vagare lo sguardo sull'incavo della sua schiena e dei suoi fianchi. Il corridoio buio di quell'albergo, il negro sinistro, la stanza nera e i drogati, e ora questa ragazza che amava un uomo che la odiava. Faceva tutto parte dello stesso quadro perverso, tinto di affascinante laidume. Mezzanotte a Temple Street e, tra noi, una scatola di marijuana. Lei se ne stava sdraiata, con le lunghe dita che sfioravano il tappeto, indifferente e stanca, come in attesa.

«Hai mai provato?» mi domandò.

«No».

«Non ti farà male, per una volta».

«Ho detto di no».

Si rizzò a sedere e si mise a frugare nella borsa in cerca della marijuana. Estrasse anche un pacchetto di cartine. Ne prese una, la riempì, l'arrotolò, la leccò, poi la strinse alle estremità e me la porse. Ripetei che non la volevo, ma la presi.

Se ne preparò una per sé. Poi si alzò e chiuse la finestra, assicurandosi che la maniglia tenesse. Si diresse quindi verso il letto, tirò via la coperta e l'appoggiò contro il fondo della porta. A questo punto lanciò un'occhiata attenta tutt'attorno e mi guardò, sorridendo. «Ognuno reagisce a modo suo» commentò. «Forse ti renderà triste e ti farà venire voglia di piangere».

«Figurati».

Si accese la sigaretta, avvicinandomi il fiammifero perché potessi accendere anch'io.

«Non dovrei farlo» dissi.

«Aspira» continuò lei. «Poi trattieni il fumo a lungo finché sentirai male. Allora lascialo andare».

«È roba pericolosa» osservai.

Aspirai e trattenni il fumo a lungo, come mi aveva detto. Poi lo lasciai uscire. Lei si appoggiò allo schienale del divano e fece lo stesso. «A volte ce ne vogliono due».

«Sono sicuro che non mi farà nessun effetto».

Fumammo fino a bruciarci le dita. Poi fui io ad arrotolarne altre due. A metà della seconda la sentii arrivare. Era una sensazione di leggerezza, di distacco dalla terra, accompagnata dalla gioia di chi ha vinto lo spazio e da uno straordinario senso di potere. Scoppiai a ridere e aspirai di nuovo. Lei aveva sul viso il freddo languore della notte precedente, una specie di remota passionalità. Io ormai mi ero spinto oltre i limiti della stanza, oltre la mia stessa carne, e fluttuavo in un mondo di lune splendenti e stelle luminose. Ero invincibile. Dov'era finito quel tipo dalle cupe felicità, dallo strano coraggio? Io ero un altro. Presi la lampada che stava sul tavolo accanto a me, la fissai e la gettai per terra.

Andò in mille pezzi. Scoppiai a ridere. Lei udì lo schianto, si voltò a guardare e si unì alla mia risata «Non c'è niente da ridere» le dissi.

Scoppiò a ridere di nuovo. Mi alzai, attraversai la stanza e la presi tra le braccia. Non ero mai stato così forte, e lei ansimò, compressa dalla mia stretta e dal mio desiderio.

La guardai mentre si spogliava e, da qualche piega della mia memoria terrena, affiorò il ricordo di aver già visto quella sua espressione, oscillante tra obbedienza e paura. La associai alla baracca nel deserto e a Sammy, che le ordinava di andare a prendere la legna. Sapevo che prima o poi sarebbe successo. Lei mi scivolò tra le braccia e io risi delle sue lacrime.

Quando il sogno finì e con esso la sensazione di fluttuare verso astri che esplodevano, quando il mio sangue riprese a scorrere nei suoi canali consueti e la stanza ritrovò i suoi contorni sordidi, quando il mondo tornò a essere una landa desolata, non provai altro che il mio vecchio senso di colpa e la consapevolezza di aver compiuto una trasgressione. Avevo commesso un crimine, un peccato contro la vita. Mi sedetti accanto a lei, che era ancora sdraiata sul divano, e fissai la moquette. Fu allora che vidi i frammenti di vetro provenienti dalla lampada rotta. Quando mi alzai sentii il dolore, la pena acuta della carne dei miei piedi, oppressi dal mio stesso peso. Mi meritavo di soffrire. Mi infilai le scarpe e mi accorsi di avere i piedi tagliati. Poi uscii nel luminoso stupore della notte. Zoppicando, percorsi tutta la strada fino a casa. Mi dissi che non avrei mai più rivisto Camilla Lopez.

Diciassette

Ma gli eventi maturavano e io non avevo nessuno con cui parlarne. Arrivò il giorno in cui terminai la storia di Vera Rivken, cui seguirono quelli più lievi della riscrittura. Manca poco, Hackmuth, ancora qualche giorno e vedrai qualcosa di grande. Poi finii anche la revisione e spedii il tutto. A questo punto, cominciò l'attesa. Ripresi a pregare. Andai a messa e feci la comunione. Mi impegnai nuovamente in una novena. Accesi un'infinità di candele alla Beata Vergine, augurandomi che accadesse il miracolo.

E il miracolo accadde. Le cose andarono così. Ero in piedi davanti alla finestra della mia stanza e osservavo una cimice che camminava lungo il davanzale. Erano le tre e un quarto di un giovedì pomeriggio. Udii bussare alla porta, la aprii e mi trovai di fronte il postino che mi porse un telegramma. Firmai la ricevuta, mi sedetti sul letto e mi chiesi se il vino aveva avuto la meglio sul cuore del mio vecchio. Ma il telegramma diceva: romanzo accettato. Invio contratto oggi stesso. Firmato: Hackmuth. Tutto qui. Il foglietto mi sfuggì di mano, ma io non mi chinai a raccoglierlo. Poi mi sedetti per terra e cominciai a baciarlo. Strisciai sotto il letto e rimasi lì sdraiato. Non avevo più bisogno del sole, né della terra o del cielo. A questo punto potevo anche morire. Non mi sarebbe successo mai più niente. La mia vita era giunta al compimento.

Chissà se il contratto sarebbe arrivato per via aerea. I giorni seguenti non feci altro che camminare avanti e indietro nella mia stanza. Leggevo i giornali. Le spedizioni per via aerea erano scomode e pericolose. No, meglio evitarle. Ogni giorno cadeva un aereo, coprendo la terra di rottami e seminando la morte. Era un mezzo troppo rischioso, un'avventura pionieristica, ma dove diavolo si era cacciato il mio contratto? Andai all'ufficio postale a informarmi. Com'erano le condizioni del tempo sopra le sierre? Buone. C'erano stati degli incidenti aerei? No. E allora dov'era finito il mio contratto? Passai ore intere a esercitarmi nella firma. Decisi di usare anche il mio secondo nome però ero incerto se scriverlo per intero o limitarmi all'iniziale. Cos'era meglio, Arturo Dominic Bandini o A.D. Bandini, Arturo D. Bandini o A. Dominic Bandini?

Il contratto arrivò lunedì mattina per espresso. Incluso c'era un assegno di cinquecento dollari. Dio mio, cinquecento dollari! Ero miliardario, potevo ritirarmi a vita privata.

La guerra in Europa, i discorsi di Hitler, i disordini in Polonia: erano questi i temi di conversazione del momento. Tutte sciocchezze! Ehi voi, guerrafondai che ve ne state seduti nella hall dell'Hotel Alta Loma, la grande notizia è qui, in questo foglietto zeppo di complicati termini legali! Al diavolo Hitler, date ascolto a me, invece, che ho qualcosa da dirvi sul mio libro. Non sconvolgerà il mondo, non ammazzerà nessuno, non sparerà nemmeno un colpo, ma ve lo ricorderete finché avrete vita e anche quando esalerete l'ultimo respiro, sorriderete ripensandoci. La storia di Vera Rivken, una fetta di vita.

Ma a loro non interessava. Quella povera gente dal destino tragico preferiva la guerra in Europa, le foto dal fronte, i pettegolezzi di Louella Parsons. Io li guardavo e scuotevo il capo mestamente.

Dovevo dirlo a qualcuno. Non mi restava che Camilla. Erano passate tre settimane da quando l'avevo vista per l'ultima volta, quella sera a casa sua. Ma al Columbia Buffet non c'era più. Il suo posto era stato preso da un'altra ragazza. Chiesi dove fosse finita, ma l'altra non volle dirmi niente. Tutt'a un tratto il Columbia Buffet mi parve una tomba. Mi rivolsi al barista grasso. Non la vedeva da due settimane. Era stata licenziata? Chissà. Era malata? Non lo sapeva. Nemmeno lui voleva parlare.

Potevo offrirmi il lusso di un taxi, anzi, potevo permettermene venti, se avessi voluto, per farmi scarrozzare in giro giorno e notte. Ne presi uno e mi feci portare a casa di Camilla, in Temple Street. Bussai, ma non ottenni risposta. Girai la maniglia e la porta cedette. Dentro era buio. Accesi la luce. Lei era lì, distesa sul letto sfatto. Il suo viso giallastro, in cui solo gli occhi sembravano vivi, mi ricordava una rosa dimenticata tra le pagine di un libro. La stanza puzzava. La porta faceva resistenza, ma quando scostai con un calcio la stuoia che era stata messa a tappare la fessura, si aprì. Lei sussultò, vedendomi. Sembrava contenta che fossi lì. «Arturo» disse. «Oh, Arturo».

Non parlai né del libro né del contratto. Non aveva alcuna importanza, non era che un altro maledetto romanzo. Quel prurito negli occhi era per lei, per la ragazza sinuosa e selvaggia che avevo visto correre sulla spiaggia sotto la luna, e per quella che avevo visto danzare con un vassoio tra le braccia rotonde. Ora giaceva lì, spezzata, con i mozziconi scuri che traboccavano da un piattino accanto al letto. Si era arresa. Voleva morire. «Non mi importa» diceva. «Devi mangiare qualcosa» le dissi, perché il suo viso sembrava un teschio ricoperto da una sottile pergamena. Mi sedetti sul letto e le presi la mano, notando con stupore le ossa sporgenti e troppo piccole per lei, che ricordavo alta e rotonda. «Avrai fame» le dissi. Ma non voleva mangiare. «Sforzati» insistei.

Uscii e mi lanciai negli acquisti. Entrai in un negozietto di alimentari, poco lontano, e ordinai degli scaffali interi. Mi dia questo e mi dia quello e poi mi dia quest'altro ancora. Latte, pane, succhi di frutta, burro, carne, patate. Mi ci vollero tre viaggi per portare tutto in casa sua. Quando, finalmente, tutto fu radunato in cucina, mi grattai la testa, senza sapere che cosa darle.

«Non voglio niente» ripeteva.

Latte. Sciacquai un bicchiere e lo riempii fino all'orlo. Si tirò su a sedere e, nel movimento, la camicia da notte rosa, che era già strappata alla spalla, si lacerò del tutto. Si chiuse il naso e mandò giù tre sorsi, poi boccheggiò e si abbandonò sul cuscino, nauseata.

«Proviamo col succo di frutta» le proposi. «È più dolce, ti piacerà». Aprii una bottiglia, riempii il bicchiere e glielo porsi. Lei lo trangugiò, poi si appoggiò all'indietro, respirando affannosamente. Dopo un attimo si sporse a lato del letto e vomitò. Ripulii. Poi rassettai l'appartamento. Lavai i piatti e fregai il lavandino. Le lavai la faccia. Mi precipitai di sotto, saltai su un taxi e battei la città in cerca di una camicia da notte per lei. Comprai anche dei dolci e una pila di rotocalchi. «Look», «Pic», «Sic», «Sac», «Whack»: insomma, tutta la serie, sperando che servissero a distrarla e a farla sentire meglio.

Quando tornai, la porta era chiusa a chiave. Sapevo cosa significava. Mi misi a tempestarla di pugni e di calci. Il rumore si diffuse in tutto l'edificio. Le porte sul corridoio si aprirono e la gente mise fuori la testa. Dal piano superiore scese una donna vestita di un accappatoio consunto. Era la padrona, me lo diceva il mio fiuto. Si fermò in cima alla rampa senza osare avvicinarsi.

«Cosa vuole?» mi domandò.

«È chiuso a chiave. Devo entrare» risposi.

«Lasci in pace quella ragazza» mi ingiunse. «Li conosco, i tipi come lei. Se non se ne va subito, chiamerò la polizia».

«Sono un suo amico» insistei.

Dall'interno giunse la risata eccitata e isterica di Camilla, un grido penetrante che smentiva le mie parole. «Non è un mio amico! Non lo voglio tra i piedi!» Poi si udì ancora il suo riso, acuto e spaventato, come lo stridìo di un uccello rimasto intrappolato nella stanza. Il corridoio si era riempito di gente semisvestita, che mi guardava con aria minacciosa. Due uomini in maniche di camicia comparvero a una delle estremità. Quello più grosso, che aveva un sigaro in mano, si tirò su i pantaloni e disse: «Buttiamolo fuori». Allora mi mossi, retrocedendo, e mi precipitai giù per le scale, seguito dal sogghigno di disprezzo della padrona. Giunto in strada, cominciai a correre. All'angolo tra la Broadway e Temple vidi un taxi. Balzai a bordo e dissi all'autista di muoversi.

No, non erano affari miei, ma non riuscivo a dimenticare la massa nera dei suoi capelli, l'abisso dei suoi occhi e la morsa allo stomaco che mi prendeva i primi tempi della nostra conoscenza. Per due giorni rimasi alla larga da casa sua, poi non riuscii più a resistere. Volevo aiutarla. Volevo portarla via da quella trappola a prova d'aria, mandarla al Sud, in qualche località di mare. Non erano i soldi che mi mancavano. Pensai a Sammy, ma la odiava troppo. Le avrebbe fatto bene andarsene. Decisi di provare un'altra volta.

Era circa mezzogiorno e avevo caldo, un caldo insopportabile. Fu proprio il caldo a convincermi, quella pesantezza appiccicosa, la terra riarsa, le folate bollenti che provenivano dal Mojave. Andai a Temple Street, ma questa volta passai da dietro. Una scala di legno portava al secondo piano. Data la temperatura, doveva aver lasciato la porta aperta, perché facesse corrente con la finestra.

Avevo ragione. La porta era aperta, ma lei non c'era. Le sue cose erano ammonticchiate in mezzo alla stanza: scatole e valigie da cui sfuggivano gli indumenti. Il letto era abbassato, ma il materasso era privo di lenzuola. La vita era sparita dalla stanza. Poi sentii l'odore del disinfettante. Salii gli scalini a tre alla volta, fino all'appartamento della padrona.

«Ancora lei!» esclamò dopo avermi aperto. «Che faccia tosta!» e mi chiuse la porta in faccia. Dall'esterno cercai di convincerla. «Sono un suo amico, glielo giuro. Voglio aiutarla. Mi deve credere».

«Se ne vada o chiamo la polizia».

«Era malata» insistei. «Aveva bisogno d'aiuto. La prego, mi creda. Voglio fare qualcosa per lei».

La porta si aprì. La donna mi guardò dritto in faccia. Era robusta, di media altezza, e il suo viso indurito non rivelava la minima emozione. «Entri» mi disse.

La stanza era squallida e straripante di oggetti. Il pianoforte era ingombro di fotografie dalle cornici pesanti, di scialli dai colori vivaci, di strane lampade e di vasi. Mi invitò a sedermi, ma io non accettai il suo invito.

«Non è più qui» mi disse. «Le ha dato di volta il cervello. Ho dovuto farlo».

«Dov'è? Cos'è successo?»

«Mi dispiace, ma non ho potuto evitarlo. Peccato, era una brava ragazza».

Era stata costretta a chiamare la polizia, così mi raccontò. Era successo la sera stessa del giorno in cui ero stato a trovarla. Camilla era impazzita. Si era messa a lanciare le stoviglie fuori dalla finestra, urlando e prendendo a calci le pareti, e aveva squarciato le tende con un coltello. Allora lei aveva chiamato la polizia. Gli agenti avevano fatto irruzione nella stanza, ma si erano rifiutati di portarla via, limitandosi a tranquillizzarla in attesa dell'ambulanza. L'avevano caricata a forza mentre piangeva e si dibatteva. Tutto qui, tranne che Camilla le doveva tre settimane di affitto arretrato e aveva danneggiato in modo irreparabile i mobili e l'appartamento. Buttò lì una cifra, che io sborsai. Mi porse la ricevuta con un sorriso carico di untuosa ipocrisia. «Sapevo che era un bravo ragazzo» mi disse. «L'ho capito dal primo momento che l'ho vista. Ma non ci si può fidare degli estranei in questa città».

Presi l'autobus che portava all'ospedale della contea. L'infermiera all'ingresso controllò il nome di Camilla nel suo schedario. «È qui» mi disse «ma non può ricevere visite».

«Come sta?»

«Non sono autorizzata a dirlo».

«Quando potrò vederla?»

Il giorno di visita era mercoledì, di lì a quattro giorni. Uscii dall'enorme ospedale e mi misi a gironzolargli attorno, alzando gli occhi alle finestre. Poi ripresi l'autobus per Bunker Hill. Quattro giorni di attesa. Li passai quasi esclusivamente giocando al flipper e alle slot-machines. La fortuna si accaniva contro di me. Persi un sacco di soldi, ma ammazzai il tempo. Martedì pomeriggio scesi in città a fare acquisti per Camilla. Comprai una radio portatile, una scatola di dolci, una vestaglia e un mucchio di cosmetici. Poi entrai da un fiorista e ordinai due dozzine di camelie. Il pomeriggio seguente, quando arrivai all'ospedale, ero carico come un somaro. Le camelie erano un po' avvizzite perché non avevo pensato di metterle in acqua. Mi avviai su per la scalinata d'accesso, sudando copiosamente. Sapevo che le mie lentiggini erano in fiore, mi sembrava quasi di sentirle sporgere dalla pelle.

All'ingresso c'era la stessa infermiera. Depositai i miei doni su una sedia e chiesi di vedere Camilla Lopez. L'infermiera controllò nel suo schedario. «La signorina Lopez non è più qui» mi disse. «È stata trasferita». Ero stanco e avevo caldo. «Dove l'hanno portata?» Grugnii quando mi disse che non poteva rispondermi. «Sono un suo amico» le dissi. «Voglio aiutarla».

«Mi spiace» si scusò l'infermiera.

«A chi posso chiederlo?»

Già, a chi potevo chiederlo? Girai per tutto l'ospedale,

su a un piano e giù da un altro. Vidi primari, aiuti e assistenti, infermiere e vice infermiere, feci ore e ore di anticamera, ma nessuno volle dirmi niente. Frugavano tutti nei loro schedari e mi ripetevano la stessa cosa. Era stata trasferita. No, non era morta, l'avevano portata in un altro istituto. Inutile insistere. Uscii nel sole accecante e mi avviai all'autobus. Mentre salivo, mi ricordai dei regali. Chissà in quale delle tante sale d'aspetto li avevo lasciati. Ma ormai non aveva più importanza. Me ne tornai a Bunker Hill, sconsolato.

Forse era stata trasferita perché non aveva soldi. Ma io li avevo, i soldi. Ne avevo le tasche piene e altri erano a casa, ben riposti. Ma nemmeno per tutto l'oro del mondo mi avrebbero rivelato dov'era stata portata. A che servivano i soldi? Li avrei spesi comunque e quei corridoi, quei lunghi corridoi invasi dall'odore del disinfettante, quei medici enigmatici che parlavano a bassa voce, quelle infermiere tranquille e reticenti avevano il potere di sconcertarmi. Scesi dall'autobus come intontito. Circa a metà della scalinata che portava a Bunker Hill mi sedetti in un portone e mi misi a guardare la città che giaceva sotto di me, immersa nella caligine polverosa del tardo pomeriggio. L'aria era invasa dalla calura che si levava da quella foschia e i miei polmoni la respiravano. Sulla città si stendeva una coltre biancastra simile a nebbia. Ma non era nebbia: era il calore del deserto, erano le grandi folate provenienti dal Mojave e dal Santa Ana, le pallide dita bianche delle terre desolate, che si protendevano per ghermire i loro figli prigionieri.

Il giorno seguente scoprii cosa avevano fatto a Camilla. Da un telefono pubblico, giù in città, chiamai l'Istituto per le malattie mentali, a Del Maria. Alla centralinista chiesi il nome del direttore. «È il dottor Danielson» mi disse.

«Mi passi il suo ufficio».

Lei inoltrò la comunicazione e dopo un attimo sentii un'altra voce di donna. «Ufficio del dottor Danielson».

«Sono il dottor Jones» le dissi. «Vorrei parlare con il dottor Danielson. È urgente».

«Un momento, prego».

Poi udii una voce maschile. «Parla Danielson».

«Salve, dottore» gli dissi. «Sono il dottor Jones, Edmond Jones, di Los Angeles. Volevo informazioni su una vostra ricoverata, la signorina Lopez. Come sta?»

«È difficile dirlo» rispose Danielson. «È ancora in osservazione. Potrebbe ripetermi il suo nome, prego?»

Riappesi. Almeno sapevo dov'era. Ma un conto era saperlo, un altro riuscire a vederla. Provai a informarmi in giro. Per far visita a un ricoverato, non solo bisognava essergli legato da vincoli di parentela, ma si doveva anche dimostrarlo. Bisognava chiedere un appuntamento per iscritto e attendere che svolgessero tutte le indagini del caso. Era proibito scrivere o mandare regali ai ricoverati. Non andai a Del Maria. Avevo già fatto abbastanza. Affari suoi se era pazza. E poi amava Sammy.

Passarono i giorni e cominciarono le piogge invernali. Alla fine di ottobre arrivarono le bozze del mio libro. Comprai un'auto, una Ford del '29. Non aveva tetto, ma correva come il vento e quando smise di piovere cominciai ad andarmene spesso lungo la costa, su a Ventura e a Santa Barbara, giù a San Clemente e a San Diego, seguendo il nastro bianco della strada, sotto le stelle ammiccanti, con il piede sull'acceleratore e la testa piena di idee per un altro libro, una notte dopo l'altra, e tutte che mi parlavano di giorni di sogno a me sconosciuti, di giorni sereni cui non volevo pensare. Con la mia Ford esplorai la città, scoprendo vicoli misteriosi, alberi solitari, vecchie case cadenti, reliquie di un passato ormai svanito. Vivevo notte e giorno nella mia Ford, fermandomi soltanto a mangiare un hamburger innaffiato da un caffè in quegli strani posti di ristoro costruiti ai bordi delle strade. Questa sì che era vita: girare, fermarsi e poi proseguire, sempre seguendo il nastro bianco che si snodava lungo la costa sinuosa, liberandosi di ogni tensione, una sigaretta dopo l'altra, e cercando invano delle risposte nell'enigmatico cielo del deserto.

Una notte capitai, a Santa Monica, sulla spiaggia dove Camilla e io eravamo stati a fare il bagno, i primi tempi che ci frequentavamo. Mi fermai a guardare i frangenti spumeggianti, la nebbia misteriosa. La rividi correre nella schiuma rombante, giocare eccitata dalla libertà gioiosa del momento. Oh, Camilla!

Una sera, a metà novembre, me n'ero andato nella Spring Street a curiosare nei negozi di libri usati. Il Columbia Buffet non era che a un isolato di distanza. Ma sì, mi dissi, in ricordo dei vecchi tempi! Entrai, mi diressi al bar e ordinai una birra. Ero un vecchio cliente, ormai. Potevo guardarmi attorno sogghignando e rimpiangere i bei giorni passati. Ora quel posto aveva perso tutto il suo splendore. Nessuno mi conosceva, né la nuova cameriera con le guance gonfie di gomma da masticare, né le due donne che continuavano a massacrare le *Storielle del bosco viennese*.

Il barista grasso era l'unico a ricordarsi di me. Steve Vince, Vinnie o come diavolo si chiamava. «È un pezzo che non la si vede» mi disse.

«Da quando Camilla non c'è più» risposi.

Fece schioccare la lingua. «Che peccato» commentò. «Era una brava ragazza». Tutto qui. Ordinai un'altra birra, poi una terza. Lui mi offrì la quarta e io ricambiai il giro successivo. Passò così circa un'ora. A un tratto si ficcò la mano in tasca e ne estrasse un ritaglio di giornale. «L'avrà già visto, no?» mi disse. Lo presi. Erano circa sei righe, più due di titolo.

> La polizia locale ha iniziato le ricerche di Camilla Lopez, anni ventidue, di Los Angeles. La ragazza, ricoverata all'Istituto per malattie mentali di Del Maria, è sparita la notte scorsa e si ritiene che sia fuggita.

La notizia risaliva a una settimana prima. Lasciai a metà la mia birra e tornai a precipizio in albergo. Qualcosa mi diceva che sarebbe venuta. Era come se sentissi il suo desiderio di rifugiarsi nella mia stanza. Presi una sedia e mi sedetti con i piedi appoggiati alla finestra, fumando e aspettando. Qualcosa dentro di me mi diceva che sarebbe venuta, anche perché non aveva altro posto dove andare. Ma non si fece vedere. Andai a letto, lasciando la luce accesa. Per tutto il giorno e la notte seguenti rimasi lì in camera, con l'orecchio teso a cogliere il rumore dei sassolini contro il vetro. Dopo la terza notte cominciai a non essere più tanto sicuro che sarebbe venuta. Come avevo fatto a pensarlo? Era da Sammy che sarebbe andata, dal suo vero amore. Arturo Bandini era l'ultima persona al mondo a cui si sarebbe rivolta. Andasse pure. Dopotutto, avevo altro da fare. Ero un romanziere, ora.

La mattina del quarto giorno ricevetti il primo dei suoi telegrammi. Mi chiedeva di mandarle un vaglia telegrafico intestandolo a Rita Gomez, Western Union, San Francisco. Il telegramma era firmato "Rita", ma non c'erano dubbi su chi l'aveva scritto. Le spedii venti dollari, dicendole di arrivare a Santa Barbara, dove ci saremmo incontrati. La sua risposta diceva: "Preferisco andare a nord grazie spiacente, Rita".

Il secondo telegramma veniva da Fresno. Si trattava di un'altra richiesta di denaro, anche questa firmata da Rita Gomez. Erano passati due giorni dal primo. Questa volta le spedii quindici dollari. Rimasi un sacco di tempo a lambiccarmi il cervello per trovare una frase d'accompagnamento, ma alla fine ci rinunciai e le mandai i soldi così, senza alcun messaggio. Niente di quello che avrei potuto dirle le avrebbe fatto cambiare idea. Ma una cosa era certa, da me non avrebbe più avuto un quattrino. D'ora in poi sarei stato attento.

Il suo terzo telegramma arrivò domenica notte. Era stato spedito da Bakersfield e il contenuto era più o meno lo stesso. Tenni duro per un paio d'ore. Poi me l'immaginai che girava senza un soldo sotto la pioggia. Le mandai cinquanta dollari, dicendole di comprarsi dei vestiti e di non prendere freddo.

Diciotto

Tre notti dopo, tornando a casa, trovai la porta chiusa dall'interno. Sapevo cosa significava. Bussai ma non ottenni risposta. La chiamai. Mi precipitai lungo il corridoio e uscii dalla porta posteriore, poi risalii il pendio fino alla mia finestra. Volevo sorprenderla sul fatto. La finestra era chiusa e le tende tirate, ma riuscii ugualmente a sbirciare da uno spiraglio. La stanza era illuminata, ma di lei non c'era traccia. Lo sguardo mi cadde sulla porta dell'armadio e allora capii che doveva essere lì dentro. Riuscii ad aprire la finestra, spalancai i vetri senza far rumore ed entrai. Gli scendiletto non erano più al loro posto. Mi avvicinai in punta di piedi alla porta dell'armadio e la sentii muoversi all'interno, come se stesse cambiando posizione. Mi arrivò, lieve, l'odore speziato della marijuana.

Appoggiai la mano sulla maniglia ma, tutt'a un tratto, mi resi conto che non avevo alcuna voglia di sorprenderla. Sarebbe stato un colpo troppo duro anche per me. Mi tornò in mente un episodio della mia infanzia. L'armadio era simile a questo e mia madre l'aveva aperto di scatto. Ricordai il terrore che avevo provato all'idea di essere scoperto, mi allontanai in punta di piedi e mi sedetti alla scrivania. Dopo un attimo decisi di andarmene. Non volevo che sapesse. Scavalcai il davanzale, richiusi la finestra e tornai sui miei passi. Gironzolai, prendendo tempo. Quando ritenni che dovesse aver finito, mi avviai a passo svelto e deciso verso la porta della mia camera ed entrai.

Lei era distesa sul letto, e si faceva schermo con la mano sottile. «Camilla!» esclamai. «Sei qui!» Si alzò e mi guardò con gli occhi neri e deliranti, come perduti in un sogno, tendendo il collo, in cui i tendini spiccavano come corde. Inutile che parlasse: il suo viso spettrale, i denti, troppo bianchi e troppo grandi, il sorriso spaventato bastavano da soli a descrivere l'orrore in cui era immersa, giorno e notte. Strinsi forte le mascelle per non scoppiare a piangere. Mentre mi avvicinavo al letto, tirò su le ginocchia, raggomitolandosi tutta, come se temesse di essere picchiata.

«Sta' calma» la rassicurai. «Non ti faccio niente. Ti trovo bene».

«Grazie per i soldi» mi disse con la sua voce di sempre, profonda e un po' nasale. Aveva fatto acquisti, tutta roba da quattro soldi, molto appariscente: un vestito in seta artificiale di un giallo squillante, con la cintura in velluto nero, scarpe blu e gialle e calzine corte con un bordino rosso e verde. Aveva le unghie tinte di rosso e i polsi adorni di braccialetti di perline, verdi e gialli. Il tutto faceva da contorno al colore cinereo della sua pelle. Non le feci domande. Tutto quello che volevo sapere era inciso in frasi di agonia sulla desolazione del suo volto. Ma non c'era pazzia in lei, soltanto paura, una terribile paura, che si sprigionava in un grido dai grandi occhi famelici, resi vigili dalla droga.

Non poteva restare a Los Angeles. Aveva bisogno di

riposo, di mangiare e dormire, di bere un sacco di latte e fare lunghe passeggiate. Cominciai subito a fare piani. Laguna Beach! Ecco il posto adatto. Era inverno, ora, non avremmo speso molto. Mi sarei preso cura di lei e avrei cominciato un altro libro. Avevo già un paio di idee. Non occorreva che ci sposassimo, potevamo anche vivere insieme come fratello e sorella. Avremmo nuotato e saremmo andati a passeggiare sulla spiaggia di Balboa. Nei giorni di nebbia ci saremmo seduti accanto al fuoco e nelle notti di vento ci saremmo avvolti in calde coperte. Questa era l'idea di base ma poi la elaborai, affidandola alle sue orecchie con parole da favola, finché lei si intenerì e scoppiò a piangere.

«E un cane!» le dissi. «Ti comprerò un cagnolino, un cucciolo. Lo chiameremo Willie».

Batté le mani. «Oh, sì!» esclamò. «Willie, vieni qui Willie!»

«E un gatto, un siamese. Un gattone con gli occhi dorati, che chiameremo Chang».

Lei rabbrividì e si coprì la faccia con le mani. «No» disse. «Un gatto no. Li odio i gatti».

«D'accordo, niente gatti. Anch'io li odio».

Era entrata anche lei nel gioco della fantasia e aveva cominciato ad aggiungere al quadro i suoi tocchi, con occhi resi simili a lucido vetro dall'eccitazione. «Anche un cavallo» disse. «Se diventerai ricco ognuno di noi avrà il suo cavallo».

«Diventerò miliardario, vedrai».

Mi spogliai e andai a letto. Lei precipitò in un sonno inquieto, da cui si svegliava a tratti, mugolando. Più di una volta durante la notte accese la luce, mettendosi a fumare. Io me ne stavo sdraiato, a occhi chiusi, e cercavo di dormire. A un certo punto si alzò, si mise il mio accappatoio e prese la borsa che aveva lasciato sul tavolo. Era una grande borsa di tela cerata bianca, piena da scoppiare. La udii ciabattare lungo il corridoio fino al bagno. Tornò dopo dieci minuti, finalmente calma.

Si chinò a baciarmi su una tempia, credendomi addormentato. Colsi l'aroma della marijuana. Il resto della notte dormì tranquillamente, con il volto inondato di pace.

La mattina seguente, alle otto, scavalcammo la finestra e scendemmo giù per il pendio fino al punto in cui era parcheggiata la Ford. Sembrava molto infelice e il suo viso aveva l'espressione tesa di chi ha passato una notte insonne. Attraversai la città e imboccai il Long Beach Boulevard. Lei mi sedeva accanto, accigliata e a capo chino, mentre il vento del mattino le scompigliava i capelli. A Maywood ci fermammo a far colazione. Io presi uova e salsiccia, succo di frutta e caffè. Lei, solo un caffè, ma dopo il primo sorso si accese una sigaretta. Avrei voluto guardarle nella borsetta, ero sicuro che ci avrei trovato la marijuana, ma lei la teneva stretta come se da essa fosse dipesa la sua stessa vita. Prendemmo un'altra tazza di caffè e ci rimettemmo in viaggio. Si era un po' rianimata, ma il suo umore non era mutato. La assecondai, restando in silenzio.

A circa tre chilometri da Long Beach trovammo un allevamento di cani. Curvai ed entrai in un cortile recintato da palme ed eucalipti. Una dozzina di cani ci corse incontro, abbaiando festosamente. I cani le volevano bene, la sentivano amica, e per la prima volta quella mattina lei sorrise. Erano pastori scozzesi, segugi e terrier. Si inginocchiò ad abbracciarli ed essi le si buttarono addosso, sopraffacendola con i loro latrati e le loro lingue rosa. Ne prese in braccio uno e si mise a cullarlo come un bambino, vezzeggiandolo. Il suo viso aveva ripreso colore e sembrava tornato quello di prima.

Il proprietario del canile emerse da dietro la casa. Era un uomo anziano con la barbetta bianca e camminava zoppicando, appoggiandosi a un bastone. I cani non dimostravano per me il minimo interesse. Si avvicinavano, mi annusavano le scarpe e i pantaloni e poi mi giravano la schiena con gran disprezzo. Era indubbio che preferivano Camilla, che li aveva conquistati con l'esuberanza del suo affetto e quel suo parlare smozzicato. Dissi al vecchio che volevamo un cucciolo e lui mi domandò di specificargli la razza. Ripetei la domanda a Camilla, ma lei non sapeva decidersi. Esaminammo parecchie cucciolate. Avevano tutti qualcosa di infantile quei cuccioli; altrettanti batuffoli di pelo che suscitavano un'irresistibile tenerezza. Finalmente trovò quello che voleva: un pastore scozzese di un bianco immacolato. Non aveva ancora sei settimane ed era così grasso che faceva fatica a camminare. Camilla lo mise a terra e lui compì barcollando qualche passo, si accucciò e si addormentò all'istante. Lei non ebbe più dubbi: o quello o nessun altro.

Deglutii quando il vecchio mi sparò il prezzo. Erano venticinque dollari. Glieli diedi, poi ci prendemmo il cane, completo di pedigree, e ci avviammo alla macchina seguiti dalla madre del cucciolo, anch'essa di un bianco immacolato, che abbaiava come per ammonirci di trattarlo bene. Dalla strada mi voltai a guardarla. Era seduta in mezzo al vialetto, con le orecchie ritte, la testa piegata di lato, e ci fissava.

«Lo chiameremo Willie» annunciai.

Il cagnolino era in grembo a Camilla e uggiolava. «No» rispose. «Meglio Biancaneve».

«È un nome da femmina» obiettai.

«Non importa».

Accostai a lato della strada. «Importa a me» le dissi. «O gli dai un altro nome o lo riporto indietro».

«D'accordo. Lo chiameremo Willie».

Mi sentii meglio. Aveva acconsentito senza discutere. Willie la stava già aiutando. Era tornata a essere docile e ragionevole. La sua inquietudine era sparita e un sorriso morbido le incurvava le labbra. Willie le si era addormentato in braccio, con il suo mignolo in bocca. A sud di Long Beach ci fermammo a comprare un poppatoio e una bottiglia di latte. Quando Camilla gli mise in bocca la tettarella, il cane si svegliò e si mise a succhiare voracemente. Camilla alzò le braccia, si passò le dita tra i capelli e sbadigliò soddisfatta. Era felice.

Procedemmo verso sud, seguendo la linea bianca della strada. Andavo piano. Era una giornata mite; il cielo era simile al mare, il mare al cielo. A sinistra, sulle colline, brillava l'oro dell'inverno. Era una giornata fatta per non parlare, per ammirare gli alberi isolati, le dune sabbiose, i mucchi di sassi candidi lungo la strada. La terra di Camilla, la sua casa, il mare e il deserto, la terra e il cielo sconfinato e, più a nord, la luna, che era ancora là dalla notte prima.

Arrivammo a Laguna prima di mezzogiorno. Mi ci vollero due ore di corse da un'agenzia immobiliare all'altra, da una casa in affitto all'altra, per trovare quella che faceva al caso nostro. Camilla, totalmente presa da Willie, non mi aiutava nella scelta. Non le importava niente di dove sarebbe andata a finire, purché ci fosse lui. La casa che scelsi era a una cinquantina di metri dalla spiaggia. Aveva due pinnacoli ed era circondata da uno steccato bianco. Il cortile posteriore era uno spiazzo di candida sabbia. Era arredata con gusto, e con una profusione di tendine e di acquarelli. Ero affascinato soprattutto dalla stanza al piano superiore, che si affacciava sul mare. Avrei sistemato la macchina da scrivere davanti alla finestra e mi sarei messo a lavorare. Ah, come avrei lavorato! Mi sarebbe bastato guardar fuori per farmi venire le idee e sfornare pagine su pagine.

Quando scesi, vidi che Camilla aveva portato Willie a fare una passeggiata sulla spiaggia. Mi fermai sulla soglia a guardarli. Giocavano assieme: Camilla si chinava, batteva le mani e poi si metteva a correre, inseguita da Willie. Facevo fatica a vederlo; era troppo piccolo e si confondeva con la sabbia. Rientrai in casa. Sul tavolo di cucina vidi la borsa di Camilla. La aprii e ne rovesciai il contenuto. Due scatole di Prince Albert caddero insieme al resto. Le vuotai nel cesso e le gettai nel bidone della spazzatura. Poi tornai fuori e mi sedetti sui gradini del portico, sotto il sole. Camilla e il cane stavano tornando. Erano quasi le due. Dovevo andare a Los Angeles a prendere la mia roba e a lasciare la camera. Mi ci sarebbero volute cinque ore. Diedi a Camilla il denaro per comprare da mangiare. Quando partii, lei se ne stava supina, con la faccia al sole. Willie dormiva profondamente, rannicchiato sul suo stomaco. Le lanciai un saluto, avviai il motore e svoltai, imboccando la strada costiera.

Durante il viaggio di ritorno, con la macchina carica di libri, valigie e macchina da scrivere, mi si bucò una gomma. Venne buio presto. Erano quasi le nove quando mi fermai davanti alla casa sulla spiaggia. Le luci erano spente. Aprii la porta e la chiamai. Nessuna risposta. Allora accesi tutte le luci e la cercai in ogni stanza, in ogni armadio. Camilla era sparita e con lei Willie. Scaricai la mia roba. Forse aveva portato il cane a fare una passeggiata. Ma mi illudevo. Se n'era andata. A mezzanotte cominciai ad avere i primi dubbi, alla una ne ero certo. Mi guardai attorno, sperando che avesse lasciato un biglietto, ma non trovai nulla. Sembrava che non avesse mai messo piede in quella casa.

Decisi di restare. Avevo pagato l'affitto per un mese e volevo provare a lavorare nella stanza di sopra. Quella notte dormii lì, ma la mattina seguente cominciai a odiarla. Con Camilla presente quel posto sarebbe stato parte di un sogno, senza di lei era solo una casa. Buttai tutta la mia roba sul sedile posteriore e tornai a Los Angeles. La mia stanza era già stata ceduta. Da quel momento tutto girò storto. Presi un'altra camera al pianterreno, ma sentii subito che non mi piaceva. Il mio mondo stava crollando a pezzi. La nuova camera era fredda, ostile, vuota di ricordi. Guardai fuori dalla finestra e vidi il pendio a una decina di metri sotto di me. Non avrei più scavalcato il davanzale, nessuno mi avrebbe più scagliato sassolini contro i vetri. Deposi la macchina da scrivere prima in un posto, poi in un altro. Niente da fare, non riuscivo a trovarle una sistemazione. C'era qualcosa che non andava, anzi, c'era tutto che non andava.

Andai a fare un giro. Dio mio, ecco che riprendevo a

vagabondare per le strade! Guardai le facce della gente attorno a me, e sentii che la mia era uguale alle altre. Facce senza sangue, facce tirate, preoccupate, smarrite. Facce sbiadite come fiori strappati alla radice e ficcati in un vaso. Dovevo andarmene da quella città.

DICIANNOVE

Il mio libro uscì una settimana dopo. Per un po' fu divertente. Entravo nelle librerie e lo vedevo, confuso tra migliaia di altri; il mio libro, le mie parole, il mio nome, la mia ragione di vita. Ma non era più la sensazione che avevo provato quando avevo visto pubblicato *Il cagnolino rise* sulla rivista di Hackmuth.

Quella era sparita per sempre. Non avevo più avuto notizie di Camilla. Le avevo lasciato solo quindici dollari; non potevano durarle più di dieci giorni. Sapevo che mi avrebbe telegrafato appena fosse rimasta senza soldi. Camilla e Willie... che ne era di loro?

Ricevetti una cartolina da Sammy. La trovai nella cassetta delle lettere, un pomeriggio. Diceva:

> *Caro signor Bandini,*
> *quella ragazza messicana è qui e lei sa benissimo che non mi va di avere delle donne tra i piedi. Se è la sua ragazza è meglio che se la venga a prendere, perché mi da fastidio.*
>
> Sammy

Il timbro postale era quello di due giorni prima. Feci il pieno di benzina, buttai una copia del mio libro sul sedile anteriore e partii alla volta della baracca di Sammy, nel deserto Mojave.

Arrivai che era mezzanotte passata. C'era luce all'unica

finestra. Bussai e lui mi aprì. Prima ancora di parlare, mi guardai attorno. Lui tornò a sedersi accanto alla lampada, raccolse da terra un rotocalco e continuò a leggere, senza dire una parola. Di Camilla, nessuna traccia.

«Dov'è?» gli domandai.

«E chi diavolo lo sa? Se n'è andata».

«Vorrai dire che l'hai sbattuta fuori».

«Non la reggo qui attorno. Sono malato».

«Dov'è andata?»

Indicò con il pollice verso sud-est.

«Da quella parte».

«Ma lì c'è il deserto».

Si strinse nelle spalle. «Si è portata con sé il cagnolino. Carino, quel botolo».

«Quando è stato?»

«Domenica sera».

«Domenica!» esclamai. «Cristo, sono passati tre giorni! Aveva con sé da mangiare o da bere?»

«Del latte» rispose. «Una bottiglia di latte per il cane».

Uscii all'aperto e guardai verso sud-ovest. Faceva molto freddo, la luna era alta e le stelle splendevano a grappoli nella cupola blu del cielo. A sud, a ovest e a est si stendeva una landa desolata, disseminata di rialzi pietrosi, di sterpi e di scuri alberi di yucca. Tornai alla baracca. «Vieni fuori a indicarmi da che parte è andata» dissi a Sammy. Abbassò la rivista e fece cenno verso sud-est. «Di là» rispose.

Gli strappai il giornale di mano, lo afferrai per il collo e lo trascinai fuori, nel buio della notte. Non pesava niente e traballò sotto la mia spinta. «Avanti, fammi vedere» ripetei. Arrivammo fino al limite dello spiazzo antistante la baracca. Lui borbottò che era malato e che io non avevo diritto di trattarlo così, e intanto si risistemava la camicia, stringendosi la cintura. «Su, fammi vedere dov'è andata» ripetei. Lui me lo indicò.

«L'ho vista sparire oltre quella cresta».

Lo piantai lì e percorsi il mezzo chilometro che mi separava dal punto indicato. Faceva così freddo che dovetti chiudermi la giacca attorno al collo. Il suolo che calpestavo era composto da grossa sabbia scura mista a sassolini e forse, in qualche lontana era geologica, aveva fatto da fondo a un mare. Oltre la cresta ce n'era un'altra, e poi altre ancora, all'infinito. Il terreno sabbioso non recava alcuna impronta; sembrava che di lì non fosse mai passato nessuno. Continuai a camminare, avanzando a fatica sul suolo che cedeva e si ricostituiva, ricoprendo le mie orme di uno spolverìo di sabbia grigia.

Dopo circa tre chilometri, mi sedetti a riposare su un sasso rotondo. Nonostante il freddo, sudavo. La luna si muoveva verso nord. Dovevano essere circa le tre. Avevo camminato senza fermarmi, anche se lentamente, ma le creste continuavano a succedersi l'una all'altra, le colline subentravano alle colline e solo i cactus e le altre piante del deserto permettevano di distinguere la terra dal cielo.

Cercai di ricordarmi le carte della zona. Non c'erano strade né città, e nemmeno tracce di vita umana di lì all'altra estremità del deserto; nulla se non desolazione per chilometri e chilometri. Mi alzai e mi rimisi in cammino. Ero intorpidito dal freddo, ma continuavo a sudare. A oriente il grigio del cielo si illuminò, assumendo una sfumatura rosata e poi più rossa, finché la palla di fuoco sorse da dietro le colline nerastre. Una suprema indifferenza ricopriva il deserto e l'eterno rinnovarsi dell'alba, e tuttavia il mistero di quelle colline, il loro segreto consolatore rendevano la morte senza importanza. Si poteva morire, ma il deserto avrebbe mantenuta segreta la nostra morte e ne avrebbe spazzato il ricordo col vento, il caldo e il freddo.

Era inutile. Come fare a trovarla? E perché cercarla? Cosa potevo offrirle di diverso da quel mondo brutale che l'aveva già stroncata una volta? Ripresi il cammino in senso inverso, triste, nella triste luce dell'alba. Lei apparteneva alle colline, ora, e le colline l'avrebbero nascosta. Dovevo lasciarla tornare alla loro solitudine, lasciarla vivere con i sassi e con il cielo, lasciare che il vento giocasse con i suoi capelli fino alla fine. Era quella la sua strada.

Il sole era alto quando tornai alla baracca. Faceva già caldo. Sammy era sulla soglia. «Trovata?» mi domandò.

Non gli risposi. Ero stanco. Rimase a osservarmi per un istante, poi sparì all'interno. Udii scorrere il chiavistello. Si cominciava a scorgere, in distanza, il luccichìo tremolante della canicola. Risalii il sentiero fino alla Ford. Presi la copia del mio libro, del mio primo libro, la aprii e scrissi a matita sul risguardo:

A Camilla, con amore,

Arturo

Percorsi un centinaio di metri verso sud-est e, con tutta la forza che possedevo, gettai il libro nella direzione che lei aveva preso. Poi montai in macchina, avviai il motore e partii per Los Angeles.

John Fante
Aspetta primavera, Bandini
traduzione di Carlo Corsi
pagine 192, euro 12,39

Fermi tutti: in casa Bandini sta per fare ingresso nonna Toscana: come ogni mese, annuncia per lettera la propria visita-ispezione ufficiale, che si traduce in una giornata di mugugni e osservazioni su disordine, sregolatezze, immoralità: non c'è poi da meravigliarsi se gli americani considerano gli italiani una banda di straccioni da evitare a tutti i costi.
Donna Toscana considera il genero Svevo – il quale non a caso se la dà a gambe al suo arrivo – un mezzo fallito e la figlia Maria una pazza perché lo ama e alla fin fine ne asseconda le peripezie; come se non bastasse, qualcuno ha visto papà Bandini su una veloce berlina accanto alla donna più ricca del paese, con la risibile scusa di un incarico ottenuto da lei: risistemare il caminetto di una delle sue ville.
Insomma, il povero Arturo, poco più che bambino, pur con tutto l'entusiasmo e l'ammirazione per le bravate di babbo Svevo, non ha vita facile in questo paesetto di montagna della grande America degli anni Trenta. Non è sempre gradevole districarsi fra mille trovate per conquistare o tenere a bada Mister Craik, il salumiere che continua miracolosamente a conceder credito ai Bandini, la bellissima e cagionevole compagna di classe Rosa Pinelli, che respinge il dono d'amore – un prezioso cammeo rubato a mamma Maria – e soprattutto l'insopportabile fratellino Federico tutto preghiere e saggezza, che gli ricorda l'imminenza del temuto purgatorio...
Un romanzo, come sempre capita con l'accoppiata Bandini-Fante, commosso e ridanciano, tormentato e farsesco, capace come pochi di regalarci un vitale – e geniale – quadretto del mondo degli immigrati italiani in America nel primo dopoguerra.

John Fante
La strada per Los Angeles
traduzione di Francesco Durante
pagine 168, euro 12,39

"Ho sette mesi di tempo e 450 bigliettoni per scrivere un romanzo. Mi pare piuttosto straordinario", scrive John Fante a un amico, "dentro ci sono alcune cosette che metterebbero il fuoco al culo a un lupo. Forse è un pochino troppo forte, cioè mancante di 'buon' gusto. Ma non me ne importa niente". Ebbene, questo romanzo "un pochino troppo forte" segna l'esordio di un indimenticabile eroe della letteratura del nostro secolo: Arturo Gabriel Bandini. Tenero e ribelle, ingenuo e rancoroso, Bandini è in eterno, adolescenziale conflitto con la parte del mondo che gli capita a tiro, e cambia volto e umore, spesso passando dal paradiso all'inferno, nel giro di poche righe. C'è per esempio un Bandini-Führer che attacca un branco di granchi facendoli a pezzi impietosamente, un Bandini erotomane che si tappa con le sue riviste pornografiche nello "stanzino dei vestiti", un Bandini saccente, lettore esaltato di Nietzsche e di Spengler, che si vendica sul padrone del fetente conservificio dove lavora chiedendogli un parere sul superomismo...

...All'altezza della banca toccai il punto in cui aveva sfregato il fiammifero. Eccolo, sui miei polpastrelli. Magnifico. Un piccolo frego nero. Oh, frego, il tuo nome è Claudia. Oh, Claudia, ti amo. Ti bacerò per provarti la mia devozione. Mi guardai intorno. Non c'era nessuno nel raggio di due isolati. Mi sporsi e baciai quel frego nero...

JOHN FANTE
LA CONFRATERNITA DEL CHIANTI
traduzione di Francesco Durante
pagine 192, euro 12,40

Tirannico e orgoglioso primo scalpellino d'America, il vecchio Nick Molise è di nuovo in crisi con la moglie. Nessuno dei figli ha voglia di intervenire; d'altronde Nick, che *sarebbe stato un uomo più felice se non avesse avuto famiglia... i suoi quattro figli erano i chiodi che lo tenevano crocifisso a mia madre*, non ha intenzione di chiedere nulla a nessuno, tanto più che se la spassa a meraviglia con i vecchi amici e, nonostante l'età, coltiva un mucchio di progetti. Può divertirsi, sbevazzare e gloriarsi quanto gli pare del suo grande passato (*la città di San Elmo era il suo Louvre, il suo museo a cielo aperto offerto agli occhi del mondo*). Il sogno, neppure troppo segreto, sarebbe una tribù di figli-muratori seguaci della sua arte, mentre gli tocca fare i conti con un frenatore di treni, un funzionario di banca e uno scrittore. In barba alla propria innata pigrizia, Henry – alias John Fante – lascia moglie e figli, si imbarca su un aereo e si tuffa alla volta dei genitori; giunto a San Elmo, il padre lo prende in contropiede, invitandolo a un'impresa assurda quanto inutile: costruire un essicatoio per pelli di cervo, in una località impervia a duemila metri di altezza. Henry in un primo tempo esita, poi acconsente, attratto dalla banda di squinternati confratelli del babbo...

Questa edizione di
Chiedi alla polvere
di John Fante
è stata ultimata su carte Pigna
presso Bianca&Volta di Truccazzano
il ventinove maggio duemiladue